허영만의
커피 한잔
할까요?

허영만의 커피 한잔 할까요?

허영만 글, 그림 | **이호준** 글

위즈덤하우스

김선생
박석의 여친.

강고비
2대커피의 바리스타.
열정만으로 시작했던
커피에 대해
깊이 알아가는 중이다.

박석
2대커피의 주인.
강고비에게 커피는 물론
사람의 마음을 헤아리는 법까지
가르치고 있다.

만화가 미나
이제나저제나
뜨기만을 염원하는
3류 만화가.

평론가 초이허트
카페의 운명을 좌지우지할
만한 커피 평론가.

차례

⋙ 45화 ⋙
유수와 쌀의 차이

타닥

탁

타닥

여름이라
온도와 습도에
특히 더 신경
써야 한다.

틱

온도 18도에서 20도,
습도 40에서 50퍼센트!

온도계와 습도계를
믿지 마라.

예. 온도계와 습도계에다
감각까지 믿어야지요.
귀한 생두, 로스팅 하기도 전에
변하게 하면 안 됩니다.

네 관리 덕분에
상태가 좋구나.

좌아악

너도 만져봐라.

으음.

사랑스러운 이 감촉.

홀에 나가봐라. 난 계속 로스팅 할 거니까 웬만하면 방해 말고.

기이잉

나 왔다. 무슨 책?

로스팅 이론이요.

선생님이 주신 세뱃돈을 더 받고 싶나 보지?

로스팅 머신 청소는 앞으로 네 담당이다.

로스팅 머신 청소 열심히 하고 있습니다만….

솔직히… 6개월째 생두만 보고 있으니까 로스팅 욕심이 마구마구 샘솟네요.

왜 안 그렇겠어? 바리스타는 로스팅 하고 싶어 하고 로스터는 커피 농장 운영하고 싶어 한다잖아.

선생님도 농장 갖고 싶어 하세요?

행여 그런 말 마. 난 아직 도시가 좋아.

호으~ 저도
두 분이 제 곁에
계신 것이 좋아요.

아무튼 생두를
전적으로 너한테
맡긴 걸 보면 조만간
로스팅 할 기회가
있지 않겠어?

저 양반 사는
방식이 고지식해도
믿을 만은 하잖아.

예. 그럼요.

고비야, 결점두
골라내다오.

예.

내 신경은 온통 로스팅에
집중되어 있는데 외면하는
선생님의 속내가 궁금하다.

11

선생님은 늘 자신의
색깔을 갖기 위해서는
시간이 필요하다고
하셨다.

이해는 한다.
그러나 본능을
누르기가 힘들다.

좌라락

고비야,
먼저 나간다.

아, 예!

습도가 높아
불쾌지수도 높은데
손님들 상대하느라
수고했어.

내일은 생두를
가져와야겠다.

슥삭
슥삭

달그락
달그락

그러나 난 나보다
생두 불쾌지수를
더 걱정해야 하는 처지다.

고비 로스팅 연습은 언제 시켜줘?

때가 되면.

그때가 언제야?

쉽게 알면 쉽게 까먹는 법.

시대가 변했잖아.

시대가 변해도 지켜야 할 것이 있는 법.

그놈의 법, 법. 애 숨넘어가겠네.

그 법이 고비를 지켜줄 수도 있는 법.

왜? 안 좋은 일이 있어?

누구한테는 좋고 누구한테는 나쁠 수가 있겠지.

당신은 늘 그렇게 애매하게 얘기하더라.

쿡

그만 확인하고 가져가!

박 사장님 안 오셔서 마음 좀 놓나 했더니 강고비는 더 하는구나!

그 스승에 그 제자인데 어디 가겠어요?

!

어디서 나는 거지?

손!

엑!

꼭두새벽부터 웬일로?

거기?

나중에 원망 듣기 싫으니까 알아서 해.

새 카페 오픈하나 봐요.

난리다, 난리.

혹시 너한테는 연락 없었어?

무슨?

로스트 앤 가든 카페라고 있는데 스텝 스카우트 한다고 여기저기 들쑤시고 다니나 봐.

특히 로스터하고 바리스타가 표적이래.

에이~ 2년 차 바리스타를 누가 스카우트해요.

거기 사장이 너무 좋은 조건을 제시한다더라.

전 끄떡 안 해요.

언젠가는 너도 독립할 텐데 꼭 예의를 지켜라.

커피 판이 좁아서 얼굴 붉히거나 뒤통수치고 나가면 금방 소문나서 자기만 손해야.

요새는 로스팅 생각만으로도 뇌 용량이 버겁습니다.

턱

휴우.
다 날랐습니다.

조금이라도 기온이 낮은 아침에 날라야 해서 이러는 거니까 잠이 부족해도 이해해라.

차 안 막히고 더 좋던데요.

대륙별로
분류해봐라.

생두 상태는?

좋습니다. 애지중지
모셔왔습니다.

내가 없어도
늘 확인해라.

그럼요. 아기 돌보듯
하고 있습니다.

아기 돌봐봤어?

히~.

손님 맞을
준비하자.

저 선생님,
로스팅 연습은
언제부터….

때가 되면!

좌아악

아침부터 수고했다.
시원하게 물 한 잔 해라.

예.
고맙습니다.

탁

!

벌컥 벌컥

카페 성이!

아오~! 내 속이
뭉그러지다 못해
화병 걸리겠어요!

왜요?
무슨 일 있어요?

선배, 혹시
로스트 앤 가든 카페
들어봤어요?

헉! 결국
카페 성이까지…!

초이허트가 두 달 후면 대단한 규모의 카페가 개업할 거라고 했는데 그 카페인가 보군.

왜? 카페 성이 근처에서 오픈 하나?

어디에 오픈 하든 전 상관없습니다.

맞아요. 카페 성이 커피라면 대기업 프렌차이즈도 무섭지 않죠.

기본적인 예의가 없어요! 돈으로 일 잘하는 아이 바람 넣어서 쏙 빼가면 안 되지요!

누구인가?

명철이요.

그쪽 카페 메인 로스터로 간대요.

예?
말도 안 돼요.

그 말도 안 되는
상황이 나한테 왔다.

이래서 마음 놓고
키울 수가 없어요.

몇 가지 알려주면
다 아는 것처럼 으스대고
잘한다고 칭찬하면
안하무인이라니까요.

안타깝군.

손이 부들부들 떨릴 정도로
배신감 느낍니다.

낮술이라도
한잔할까?

싫어요. 어제
너무 마셨어요.

선배도
조심하세요.

거기 여사장 바리스타
스카우트하려고
막 쑤시고 다녀요.

떠나고 싶다면
어쩔 수 없는 것
아닌가.

무슨 말을
그렇게….

아닙니다. 요즘 애들 당돌해요.
조금이라도 궂은일 시키면
힘들다고 안 나오고, 돈 많이
준다면 뒤도 안 보고 떠납니다.

암튼 제 짝 나지
않으시려면 미리
단속 잘 하세요.

정 주지
마시고요.

너 만약에 명철이랑 연락이 닿거든 잡지 않을 테니 나 한 번만 보고 가라 그래라.

예.

죄송합니다, 선배. 이렇게 하소연이라도 안 하면 돌아버릴 것 같아서 왔어요.

그만 갑니다.

기이잉

선생님도 명철 형이 돈 때문에 카페 성이를 떠난 거라 생각하세요?

그렇다 하더라도 비난할 생각 없다.

돈도 무시할 수 없는 조건 중에 하나이니까.

친한 형이었는데 어떡하지요?

카페를 바꿨다고 적이 될 필요는 없지 않느냐.

오늘은 로스팅 머신 청소 좀 하자.

예.

오늘은 분위기가
뒤숭숭하네.

명철이 형이
그럴 사람은 아닌데….

덜컥

무슨
사연이
있을
거야.

억!

텅

다 솜

02.XXX.XXXX

다솜한의원

아오~
허리야

빵빵

어기적
어기적

!

그냥 지나가지
왜 빵빵대?

어?

명철이 형! 도대체
어떻게 된 거예요?
전화도 안 되고.

일단 타!

사장님 말씀이
사실인가요?

거기까지
고자질하러
가셨구나.

무척
속상하신가
봐요.

철컥

왜? 가게라도
물려주실
생각이었대?

사장님이
형을 얼마나
아끼셨는데….

나도 그동안
할 만큼 했다.

기회는 날마다 있는 게 아니야!
왔을 때 잡아야지!

내려라.

끼익

여기가
어디죠?

!!

ROAST&GARDEN

ROAST&GARDEN

들어와.

저 갈래요.

온 김에 구경이나 하고 가!

여기는 바가 될 거다.

우와! 넓네요!

위이잉

에스프레소 머신은 블랙이글 388, 그라인더는 말코닉 ek43과 피크로, 정수는 에버퓨어.

각각
한 대씩이래도
대략 4,300만 원!

여기 로스팅 룸.
롤링사의 15킬로그램
짜리를 들여올 거야.

시가
1억짜리!

여기 대표님
재력이 장난
아니네요!

내가 만질
머신이라
생각하니까
흐뭇해 죽겠다.

여기는 베이커리
작업실이고….

그런데 위치가
너무 외지지 않아요?

아니.

배후에 2만 가구가 있다.
이 정도면 충분해.

여기에서 그동안
받았던 설움을
날려버릴 거야!

설움이란 말
변명 같아요.

뭐라고
해도 좋아.

언제까지
남 뒤치다꺼리나
하고 살 수는
없잖아.

결국
돈 때문이었죠?

너 요새
로스팅 연습
하고 있냐?

약속하셨
으니까
언젠가는
하겠죠, 뭐.

그것 봐.
박석 사장님,
아직 너 간 보고
있는 거야!

무슨 말씀을
그렇게 하세요?

야, 강고비. 너 왜 이렇게 순진하냐?

자기들 밥벌이 수단인데 그걸 너한테 쉽게 가르쳐줄 것 같아?

부려먹을 만큼 부려먹고 로스팅 기술 찔끔 알려주면서 생색은 생색대로 낼 거다.

추출은 독학할 수 있어도 로스팅은 독학이 힘드니까 너나 나나 그 미끼를 덥석 물 수밖에 없지.

불쾌해요! 돈 때문에 사람이 변하는 건 추해요!

나도 한때는 너처럼 희망을 안고 살았지. 그런데 5년이 지나도 로스팅을 전적으로 맡기는 법이 없었어.

이젠 나만의 로스팅을 하고 싶어!

이미 형 마음은 떠났네요.

알았어요. 잘되길 바라요.

연봉 3천만 원에 성과급! 4대 보험 가입, 주 5일 근무, 연 3회 휴가. 어때?

!!!

함께하자, 강고비. 나랑 우리만의 커피를 만들어보자. 내가 책임지고 로스팅 가르쳐줄게!

형!

짝 짝
짝

우리 카페의 두 주역이
함께 있는 모습만으로도
든든하네요.

로스팅은 카페 성이
출신의 명철 씨,
추출은 2대커피
출신의 고비 씨.

황홀한
라인업이에요!

정말 실망입니다, 형.

성이 카페 사장님이
안 잡을 테니까 한 번만
만나자고 하셨어요.

허리는 괜찮으냐?
안 좋으면
당분간 생두 관리는
내가 해도 된다.

아닙니다.
쌩쌩합니다.

선생님, 어제 병원에서
나오다가 명철이 형 만났습니다.

잘하고
있대냐?

예. 카페 규모나
시설 때문에
들떠 있었습니다.

의욕이
대단하겠구나.

그리고… 이건 말씀드려야
할 것 같은데요.

저도 스카우트 제의를
받았습니다.

!

그런데
단번에 거절했습니다!

그래?
안 해도 될
얘기를 하는구나.

죄… 죄송합니다.

줄줄줄

머신 수리 기사
언제 오는지 전화해봐라.

예.

2시에
온답니다.

알았다.

오래 걸릴까요?

금방이면 돼.

수리 끝나면
아이스 아메리카노
한 잔 대접함세.

좋죠!

그나저나 카페 성이
임시 휴업 중이던데요.

명철이
때문인가?

아무래도.

에고…. 명철이는
신이 났다던데.

그걸 어찌
아나?

35

그 카페 에스프레소 머신, 우리 회사 수입 라인 중 하나가 들어가잖아요.

카페 성이 출신 로스터라고 여사장이 예뻐한대요.

로스터일지는 모르나 카페 성이 출신은 아닌 것 같네.

예? 커피 업계에서 모르는 사람이 없는데 그걸 어떻게 숨겨요?

숨기는 것이 아니라 카페 성이 로스팅 기술을 다 못 배우고 나왔기 때문이지.

그래도 명철이는 다 배웠다고 생각하겠죠.

배기관 공간 확보 확실히 해주셔야 합니다.

예.

아, 사장님.

이게 어떻게 된 거죠? 오늘 에스프레소 머신 회사에 갔다가 명철 씨 소문을 들었어요.

카페 성이 사장이야 분한 마음에 그런 말 한다고 쳐도 2대커피 사장이 나서서 명철 씨 자질이 부족하다고 한대요.

예?

나는 로스팅 명가 카페 성이 출신 명철 씨를 모셔왔는데 2대커피 박 사장이 카페 성이 출신이라는 타이틀을 쓰면 안 된대요, 글쎄.

그 말이
사실입니까?

형, 손님 계시는데
이러면 어떡해요?

어린 후배 앞날에 축복은
못 해주실망정 그렇게
재를 뿌리십니까?
월급 많이 주고 메인 로스터
시켜준다고 해서 이직했는데
그게 그렇게 잘못된 겁니까?

난 자네를
비난하지 않아.

다만 자네는
로스팅에 있어 치명적인
약점을 갖고 있지.
그래서 한 말일세.

결국 카페 성이를 그만둔 괘씸죄죠!

흑색선전은 무응답이 최선책이랍니다.

알겠습니다. 새 카페에서 묵묵히 로스팅에 전념해서 저만의 로스팅으로 답 올리겠습니다!

푸욱

아니, 지금 해보게!

끝까지…!

로스팅 한 생두는 콜롬비아 엑셀소일세.

초보자들이 연습용으로 사용하는 생두를 내놓으시다니 저를 너무 얕보시는군요!

생두는 저기 따로 담아놨네.

대선배님의 로스팅 머신을 사용할 수 있어서 영광입니다.

좌아악

！

우리는
나가 있자.

선생님,
저 생두는….

결과를
보자꾸나.

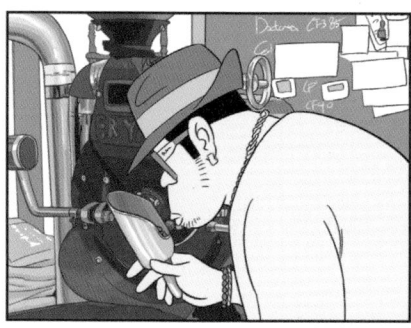

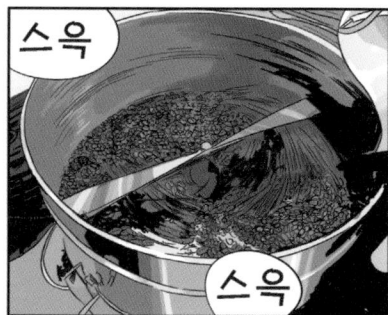

스윽

스윽

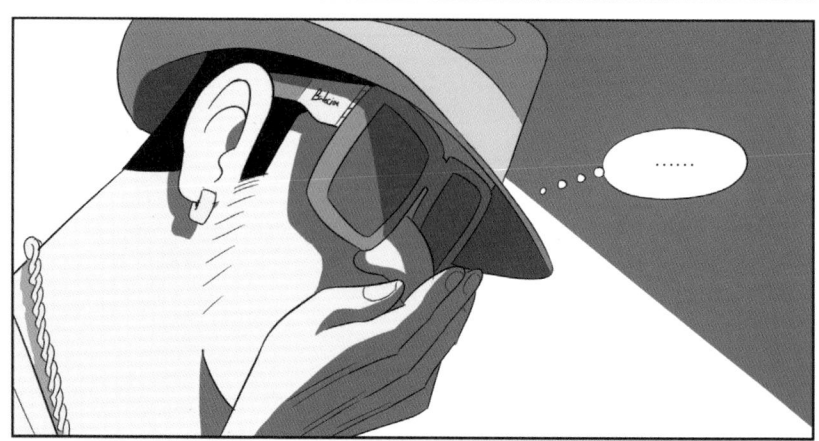

……

잠시 뒤

가스는 빠지지 않았지만
우리 모두 전문가들이니까
고려하고 맛보지.

표정이
왜 그러지?

이상해요.
프로파일상으로
잘못된 게
없는데….

콜롬비아 프로파일로
했으니 당연히 잘못됐지!

예? 무슨?

고비야, 얘기해줘라.

형이 로스팅 한 생두는
콜롬비아가 아니라 브라질,
가공 방식은 내추럴이고요.
실버스킨이 많았잖아요.

아차!

실버스킨은
날리고 쌓이니
로스팅 때
특히 배기에
신경 썼어야 했어.

이건 속임수!

하나를 보면
열을 알 수
있지.

억지
입니다!

실버스킨: 커피 원두의 은빛 외피.

43

로스팅 하기 전에 생두 상태도 확인 안 하는 건 큰 실수야. 그것이 바로 자네의 나쁜 습관이자 약점이지.

로스터의 첫 번째 자격이 뭔지 아나?

바로 생두를 보는 눈이야!

카페 성이 사장은 자네의 로스팅 감각이 훌륭해서 곁에 뒀으나, 생두를 보는 눈이 부족하니까 꼭 만나서 그걸 얘기해주고 싶었던 걸세.

벼 알맹이에 하얀 물이 차는 유수에 참새가 달려들지만 유수가 쌀일까? 아니거든. 쌀이 되려면 한참을 더 기다려야 해.

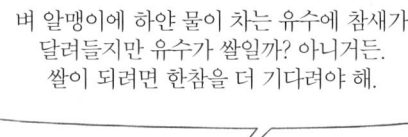

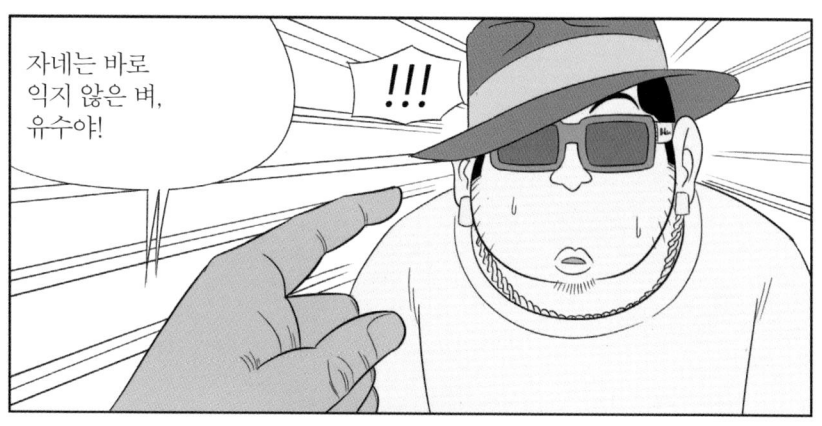

자네는 바로
익지 않은 벼,
유수야!

!!!

고비는 생두의 차이를
어떻게 확인하지?

생두의 모양과 크기,
결점두의 패턴 그리고
재배 고도에 따른 색깔과
가공 방식의 차이를 보면서
확인합니다.

!!!

대선배님,
말씀 너무 고맙습니다!
여기서 가르쳐주십시오!

생두 보는 눈은
하루아침에
만들어지는
것이 아닐세!

그…
그럼…
어떡하죠?

이 실력으로
옮길 수도 없고…
갈 곳도 없고….

자네가 갈 곳은 오직 한 곳.
카페 성이에 찾아가서 잘못을 빌고
새 출발을 하게나!

그곳에서
생두 보는
눈을 만들어!

그렇게 하겠습니다!
고맙습니다!

로스트 앤 가든은
어떻게
해결하려나?

여기에서 있었던
이야기를 그대로
하고 용서를
구하겠습니다!

후덥지근하지만 여름 달 보는 맛이 괜찮네.

저… 선생님.

선생님의 깊은 뜻을 모르고 자꾸 로스팅, 로스팅 해서 죄송합니다.

첫 단추를 잘 끼운 것 같으니 조만간 다음 단추로 넘어가자.

정말요?

그나저나
얼마 제시하던?

3천에 성과급.

오호. 강고비
몸값 꽤나 비싼데!

에이 뭐….
놀리지 마세요.

언젠가 내 곁을
떠나고 싶으면
주저 말고 이야기해라.

나는 가는 사람
붙잡지 않는다.

염려하지 마세요!
저는 선생님이
나가라고 하실 때까지
거머리처럼
붙어 있으렵니다!

그런데 명철이
로스팅 끝나고
바깥문 닫았나?

허걱!

커피 잔이 바뀌어도
커피는 변하지 않는다.

46화

모카 키스

모카 커피는 언제 맛볼 수 있는 거야?

알아보고 있어.

그러니까 그걸 언제 할 수 있는데?

알아보고 있다니까.

치 치 치 치

여름 가뭄이니까 아껴 써!

찌지지

쏴아아

탁

!

바쁘면 그럴 수도 있지.

습관이야, 습관.

맛있게 드세요.

자기야, 우리도 제주도 내려와서 살까?

갑자기 무슨 뚱딴지 같은 소리?

이렇게 한가하게 자기하고 둘이서 식사한 게 신혼여행 이후 처음이잖아.

그러네.

그림 같은 집 짓고 화초 가꾸고 아이들 뛰어놀게 하고…. 상상만 해도 행복하지 않아?

겉보기만 그래요. 도시보다 더 부지런해야 살아남을 수 있다고요.

그러다 시간 나면 얼마나 무료한지 몰라요. 우울증 걸릴 지경이에요.

엥?

이 사람 이야기는 신중하라는 겁니다.

만약 이주를 결심하시면 시간 내서 꼭 커피를 배우세요.

커피가 펜션 운영에 도움이 됐나 보죠?

엄청 도움이 됐죠.

식사하시는데 말 그만 시켜요.

아닙니다. 궁금해요.

성공적인 이주에 돈이 큰 비중을 차지하는 건 아닙니다. 제일 중요한 것은 토박이 주민들과의 관계입니다.

처음에는 어찌할 줄 몰랐는데 이 커피로 자연스럽게 친해질 수 있었어요.

여기 내려온 지 벌써 1년 가까이 됐네요.

이제 동네 주민 다 되셨겠어요.

그럼요. 저를 아들처럼 대해주세요.

아들이 아니라 동네 마당쇠로 불린답니다.

<u>ㅎ</u>ㅎ. 펜션 이름이 마당여관이라 마당쇠….

하하하.

오셨어요?
아침 식사는요?

밥맛 어성 안 먹언.
그냥 모실 나옹 거여.
(밥맛이 없어서
안 먹었어. 그냥
마실 나온 거야.)

아따가라,
이 식빵은 잘도 쿵게.
(아따, 이 식빵은
크기도 하네.)

드실래요?

아니여게.
곧 일어날 꺼여.
(아니야.
곧 일어날 거야.)

여보, 여기
프렌치토스트
부탁해.

이추룩 머그난 서양 사름
된 거 달믄게.
(이렇게 먹으니까
서양 사람 된 기분이네.)

게메이.
(그러게.)

순이 할머니는 왜
같이 안 오셨어요?

이디 안 와시냐?
(여기 안 왔어?)

저한테 뭐
섭섭한 거
있으신가… 통
안 오세요.

그 할망 다 존디
변덕이 심허여.
(그 할망구
다 좋은데
변덕이 심해.)

57

설거지
부탁해.

쏴아아

끝이야?

쏴아아

응.

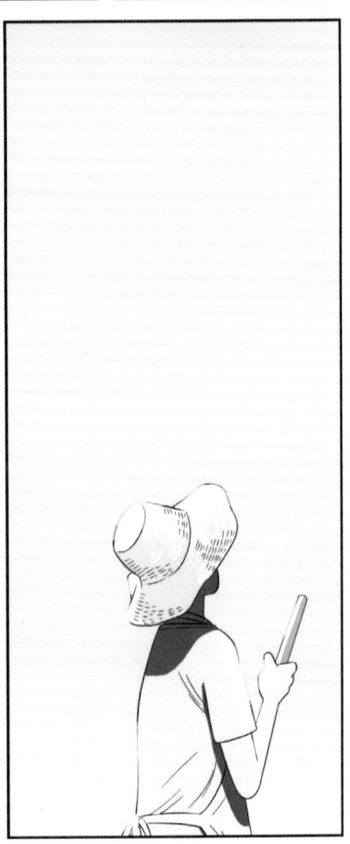

뭐 해?

하늘이 예뻐.

이런 하늘, 도시에서는
쉽게 볼 수 없지.

변해도 싫지 않은 게 있다면
그건 하늘색일 거야.
왜 그런 줄 알아?
늘 새롭거든.

요새 무슨 일 있어?
당신 조금 이상해.

내가 부탁한
모카 커피는?

뜬금없기는….

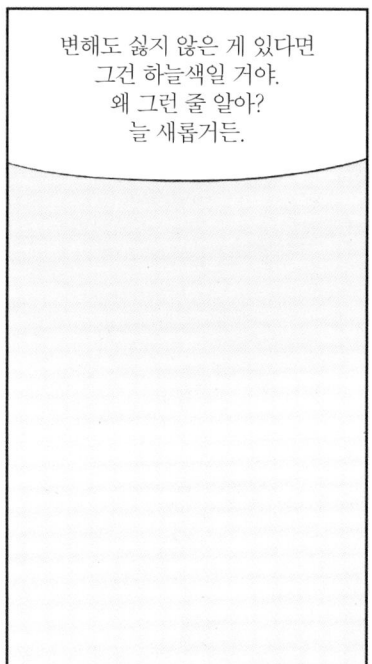

벌써 네 번째
말하는 거야.

삭 삭

여름 당근
씨 뿌리려고.

고찌 갈따?
솔믄 지슬도 있쩌.
(같이 갈래?
삶은 감자도 있다.)

막걸리도 있쩌!
(막걸리도 있다!)

휙

휙

일하는 사람
건들지 말고
우리끼리 가아.

퍽

아니에요.
청소 끝나면
저 시간 많아요.

아이스 커피
준비해서 곧
뒤따라갈게요.

써닝헌
커피 조추.
(시원한
커피 좋지.)

게메 우리
모슬 효자여.
(역시 우리
동네 효자야.)

오늘은 특별히
감자랑 잘 어울리는
페루 커피
준비해갈게요.

감자랑 찰떡궁합인 커피가 있어?

제가 지어낸 거예요. ㅎㅎ.

오늘 마켓 가야 해.

알았어. 커피만 드리고 금방 올게.

잘 쉬었다 갑니다.

아, 가시려고요?

드르르

cafe

COFFEE

타지 생활이 녹록지 않을 텐데 잘하시네요.

난 솔직히 저럴 자신 없다. 여보, 우리 그냥 도시에서 살자.

으이그~ 이렇게 숫기 없는 남자를 어떻게 믿고 살아?

62

그래도 자기 좋아하는 갈치구이 맛집은 찾아놨어.

자기는 회 먹고 싶다고 했잖아.

제주도에서의 마지막 식사는 당신이 원하는 걸로!

아, 정말 돌아가기 싫다.

곧 태풍이 온다잖아. 오늘 가야 해.

드르르르

남편은 적응 잘하는 것 같은데 부인은 표정이 영~.

쉿! 들려.

드르르르

아, 예. 사장님.

사름이 어떵 허민 저추룩
꾸준허코? 우리 사위꼬심이
정혜시민 조키여.
(사람이 어쩜 저렇게
꾸준할까? 우리 사윗감이
저랬으면 좋겠어.)

육지 사는
자식보다 낫뗀허난.
(육지 사는 자식
보다 낫다니까.)

이제 웬만하면
마당쇠 그만
불러.

무사 자꾸 불르난 구뗀?
(왜? 자꾸 불러서 싫대?)

그런 게 아니라
여관 일이 바쁘잖아.

쩌니쩌닌 복덩이렌
헹게마는.
(저번에는 복덩이라고
그러드만.)

복덩이니까
귀하게 다뤄야지.

후우욱

커어

둥령성이
무사 정햄시?
(갑자기 왜 저래?)

마당쇠가
우리영 하영
친헤부난
심살나싱가?
(마당쇠가
우리랑
더 친해서
샘났나?)

게나저나 저 할망은 고싸꿔지 육지서 온 티를 낸댕허난. (하여간 저 할망구는 여전히 육지에서 온 티를 낸다니까.)

예. 부탁합니다. 사장님.

ㅎㅎ.

ㅎㅎ.

휴가 좋으셨어요? 태국에서 찍은 사진 좀 보여주세요.

고비는 그렇게 눈치가 없어? 사진 찍을 시간 있었겠어?

?

둘 피부색 봐라. 방에만 있어서 뽀얗잖아.

아~!

아웅~

아잉~

그나저나 2대커피는 휴가 없어요?

딴소리

여름도 끝물인데 휴가는 무슨 휴가.

아니! 제주도 간다고 했잖아!

모카 커피를 구하면 간다고 했지.

가면 가는 거지 비겁하게 조건을 다니?

제주도 충수 형한테서 모카 커피 구해달라는 전화가 왔었거든요.

강 사장한테 부탁했지. 강 사장도 못 구하면 어쩔 수 없고.

모카 커피 구하면 저도 한 잔 주세요. 모카 커피 이름은 많이 들었지만 정작 마셔보진 못했어요.

저도 한 잔.

커피 용어 중 가장 혼란을 주는 단어가 바로 모카야.

이젠 반말!

예전에 커피 수출항은 예멘의 모카항이 유일했거든.

16~17세기 커피는 이슬람 영향 아래 있었으니 유럽 사람들은 모카항에 목을 맬 수밖에 없었고 모카는 곧 커피를 의미했지.

저 입술! 입술..!

맞아. 예멘에서도 커피 생산을 했는데 지금처럼 세분화된 체계나 시스템이 없었기 때문에 구분 없이 섞여서 수출됐어.

현재는 모카항에서의 커피 수출도 거의 없는데, 오랜 세월 모카항이 유일한 커피 수출항이어서 모카 커피라는 단어가 남아 있는 거야.

예멘 마타리는 예멘에서 수확한 생두이니까 모카 커피라고 하면 안 되나요?

그것도 쉽지 않아.

예멘 정국이 불안정해서 이력 추적이 힘들거든.

중간 거래상이
장난을 많이 하지.

거기에 또
검역증을 보면
예멘이 아닌
경우가 허다하고.

강 사장, 당신밖에
없어. 제발
부탁해.

저도요.

저도요.

ㅎㅎㅎ.

태풍 예보 때문에
손님이 없네.

우리 맥주
한잔하자!

마트에 못 가서
맥주 없어!

미안해.

할머니들 밭에서 고생하시는데 모른 척 올 수도 없었어.

그러지 말고 당신도 면허증 따는 게 어때?

쏴아아

할머니들 운전기사 노릇 하게?

당신, 마트 못 가서 화났구나.

조금만 더 고생하자.

여관도 입소문 타서 손님이 많아졌으니 곧 여유가 생길 것 아니야.

나 지친 것 같아.

알아. 지치고도 남지.

태풍 오기 전에 내일 오름 갈까?

그래! 그러고 보니 당신하고 오붓하게 오름 간 지도 한참 됐구나.

69

당신도 힘들 텐데 투정 부려서 미안해.

서울 살 때보다 힘들지 않아.

나른할 때가 많아도 하루하루가 새롭고 즐거워.

내일은 어떤 사람이 찾아올까 흥미롭기도 하고….

천상 이곳 체질이네.

우리 밖에 나가 별 보면서 커피 한잔 마실까?

좋지. 내가 금방 만들게.

탕탕탕

!

!

!

위이잉

TV홈쇼핑에서 핸드폰을 파는데 너무 마음에 들어. 그거 구매 좀 해줘.

위이잉

전에 방법 가르쳐 드렸잖아요.

난 아침에 뭘 먹었는지도 기억 못 해.

위이잉

갔다 와. 커피는 나중에 마시지, 뭐.

그… 금방 갔다 올게.

아까보다 바람이 세졌네요.

위이잉

응.

위이잉

일어나. 바람 세지기 전에 빨리 오름 갔다 오자.

어헉!

느… 늦었다!

빨리 준비하고 나와.

같이 가야지!

당신 집에서 잠깐 기다려. 할머니 은행 모셔다 드리고 올게.

오늘 홈쇼핑 해피콜 받고 이체해드려야 해.

이럴 거면
나하고 왜 살아!
할머니들하고 살아!

30분이면
된다! 기다려!

5호 태풍 오마이스는… 현재 제주 남동쪽
해상에서 초속 17미터로 북상 중…
오후 1시부터는 제주도가 태풍 영향권에
들 것으로 예상됩니다.

위이잉

위이잉

끼익

모셔다
드릴게요.

아니야.
아니야.

날이 선선하니까 따뜻한 커피가 생각난다.

들어가시죠. 금방 내려드릴게요.

위이잉

자기야 나 왔다!

저… 바람이 점점 세지는데 집 문단속은 잘하셨어요?

했지.

이 정도가 뭐 바람이라고…. 시집오고 그해 여름에 불어온 태풍에 비하면 아무것도 아니야.

여기 분 아니세요?

나 서울에서 왔어.

어쩐지 말씨가 다르시더라.

벌써 40년이 넘었네.

쪼르르르

옛날에는 제주도로 시집오기 쉽지 않았을 텐데.

허깨비가 씐 거지.

여기 와서 고생도 많이 했어.

우루룩

남편 아니었으면 도망가도 한참 전에 도망갔지.

그 태풍이 오던 날 무서워서 덜덜 떨고 있으니까 남편이 꼭 안아주더라고.

그 품 안이 어찌나 넓고 포근하던지….

그날 나를 안아준 것처럼 남편은 늘 내 곁에 있었어. 그것뿐이야. 그것 하나로 객지에서 지금까지 버텨온 거야.

색시 어디 갔어?

예. 안 보이네요.

나가서 찾아봐야지. 나 갈게.

바래다 드릴게요.

나도 여기 사람
다 됐어.
바닷가 살면
이 정도 바람은
다반사야.

그거 알아? 태풍이 와서 바다를
한번 확 뒤집어놔야
고기가 많이 잡힌다는 것.

위이잉

색시 빨리 찾아!

어머닛!

예! 조심히 가세요.

휘이잉

위이이이이

쏴아아아

이젠 비까지….

따르릉
따르릉

자기야 전화 좀 받아라!

부우웅

따르릉 따르릉

위이잉

텅

위이잉

자기야!

미숙아!

위이이잉

위이잉

삐리리리

!

!

78

사장님, 지금 전화 받을 상황이 아닙니다! 이따 전화 드리겠습니다!

미숙아!

미숙아!

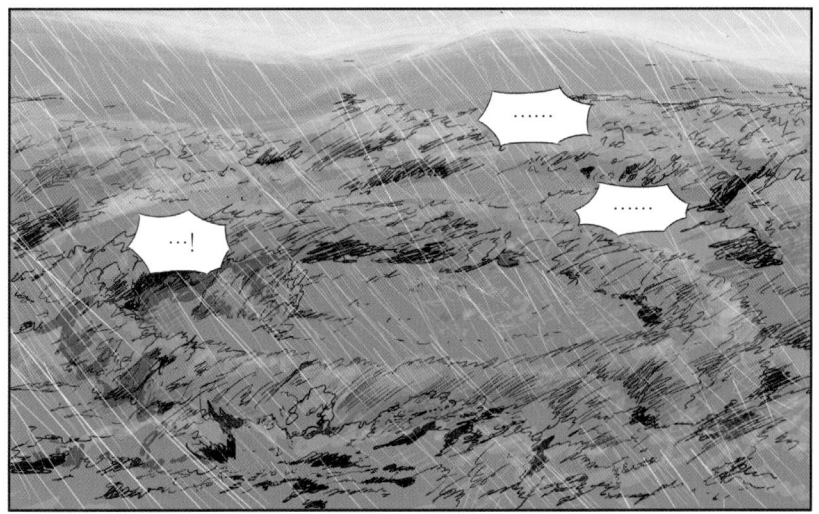

……

……

…!

위이이잉

위이이이

끼익

텅

헉헉헉.

위이잉

위이이잉

틱

cafe

COFFEE

어딜 갔니이~.

휘이이이

헉!

커피 마셔.

벌떡

왜 전화 안 받았어!
어딜 갔었어!
아무리 뒤져도
안 보이
더라고!

자기 보기 싫어서
자기가 쫓아올까 봐
다른 오름을 올라갔지.

이런 ××!

덜썩

박석 사장님이 자기한테
알려주라면서 전화하셨었어.

충수가 모카 커피를 구해달랬는데
구할 수 없어요. 대신 드립 커피로
카페 모카는 가능합니다.
단, 우유가 문제인데….
시중에서 파는 다크 초콜릿도 좋아요.
대신 중탕해서 녹이고
다크가 없으면 밀크 초콜릿도 좋아요.
다크와 밀크 두 가지를 섞어도 좋고
그다음 우유를 붓고 드립으로 내린
커피를 붓는 겁니다.

카페 모카야.

위이이잉

옛날 모카항을 통해서
수출됐던 커피의 특징이
초콜릿 향이었대. 그 향이 얼마나
유명했는지 이탈리아에서 초콜릿을
가미한 바리에이션 커피가 나오면서
카페 모카라는 이름이 붙었대.

분 풀고….

나도 화가 나서
오름에 올랐지만
비바람치고 아무도
없으니까 무섭더라.
그때 자기만 생각났어.

내가 카페 모카나
모카 커피가 마시고
싶어서 자기를
닦달한 게 아니야.
요즘 자기가 나한테
무관심한 것 같아서
섭섭했던 거야.

위이이이

맞다! 이곳이 우리만 아는
이 세상 최고의 카페다!

턱

!

턱

저것 봐!
내가 저럴 거라고
그랬지!

들어가자. 추워.

응?

왜 커피 안 마셔?

위이이

맛없어. 내가 다시 만들어줄게.

위이이

탁

COFFE

BEED

빈 커피 잔의 상처는 마음과 같다.
둘 다 채워지길 기다리니까.

-매튜 R. 그릭스-

47화

비터스위트

아저씨, 차 좀 대주세요!

예~. 열쇠 꽂아놓고 들어가세요!

주차증 받아가시고요!

예, 발렛비 천 원 받습니다.

맛있게 잡수세요.

어이구. 주말이라 더 정신이 없구면.

아! 안 됩니다! 주차 공간이 없습니다!

어허!

우리 가게는
꽉 차서 30분
기다리셔야 합니다.

급하시면
저 건넛집도
음식이 깔끔한데
그쪽으로 가세요.

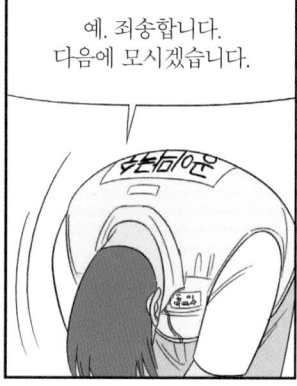

예. 죄송합니다.
다음에 모시겠습니다.

다음부터는
퉁명스럽게 하지 마!

천사 났네.
천사 났어.

형님은 뭐가 좋아서
항상 싱글벙글이요?

짜증 내면
나만 손해잖아.
누가 도움 줘?
불친절하다고
소문만 나지.

이렇게 찾아주는
손님들이 계시니까
우리가 먹고사는 것
아닌가?

그 커피
안 식었어요?

당연히
식었지,
뭐.

뜨거우면 뜨거운 대로
식으면 식은 대로 맛있는
커피가 진짜 커피지.

저기요. 혹시 이 근방에
갈 만한 카페가 있을까요?

있지요!
2대커피!

여기서 가깝습니다.
거기는 주차장이 없으니까
차 두고 가세요.

정말요?

물론입니다.
2대커피라면
한 시간 연장입니다.

형님, 여기
복잡한데… 왜?

주차는
내 마음이야.

하여간 저 형님
2대커피 사랑은 못 말려.

2대커피에서 커미션 받는 거지?

설마….

걱정하지 말고 다녀오세요. 요새 싱글 오리진으로는 과테말라 커피가 좋더라고요.

아, 예.

어서 오세요.

우리 집은 막국수와 수육이 아주 맛있습니다. 맛있게 드십시오.

휴~ 저녁때도 주차장이 꽉 차는구나.

그래도 낮보다는 선선해서 좋잖아.

자기야, 2대커피 가면
한 시간 주차 연장해주는데
그리 갈까?

싫어.

!

거기는
얼음이 부실해서
아이스 커피가
맛이 없더라.

아니! 그게 무슨
말씀이신가요?

좋은 제빙기를 써야 단단한 얼음이
나오는데 2대커피는 제빙기가
시원찮아서 얼음이 빨리 녹아
커피 맛을 밍밍하게 만들어요.

천천히 음미하면서 마시는
싱글몰트 위스키라면 몰라도
단단한 얼음이 아이스 커피의
진리라는 말은 속설일 뿐입니다.

아이스 커피 한 잔 마시는 시간을 생각해보세요. 제 말이 이해되시죠?

그리고 2대커피 제빙기는 밀도 조절이 가능해서 일부러 커피에 어울리는 얼음을 만들기 때문에 더 맛있는 아이스 커피를 즐길 수 있답니다.

한번 따지고 싶었는데 왜 2대커피만 편드시죠?

맛있으니까요.

왜 다른 커피점에 가면 추가 주차가 안 되고, 2대커피에 가면 혜택을 주는 겁니까?

왜 손님 마음대로 커피를 마실 수 없게 만드냐 말입니다.

2대커피가 맛있으니까요.

에이~ 더러워. 차 빼서 다른 데 가서 커피 마시자!

저 아저씨 말 맞지 않아?

죄송합니다. 안녕히 가십시오.

사장님 귀에 손님 차별한다는 말이 들어가면 어떡하려고 저래?

소용없어. 건물주가 저 형님 누나야.

톡 톡

와~ 발레파킹 업계의 금수저네요.

금수저는 무슨! 너 같으면 친동생 이런 일 시키겠냐?

근웅아, 이번 달도 수고했다.

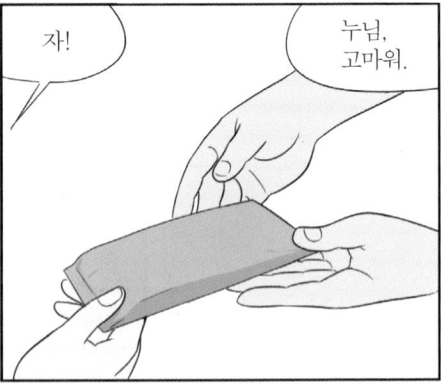

자!

누님, 고마워.

내가 더 고맙지.

아들 하나 있는 놈은 뜬구름 잡느라 정신없고 그나마 네가 옆에서 궂은일 마다하지 않고 도와주니까 이 정도라도 유지하는 것 아니냐.

남들은 손자나 돌보면서 쉴 나이에 사업체 꾸리는 게 얼마나 대단한 일인데….

호호호. 누가 들으면 꽤 큰 기업 경영하는 줄 알겠다.

병민이가 잘되지도 않는 사업을 낑낑대면서 운영하는 걸 보니까 불안해.

일내기 전에 네가 만나서 정리하자고 해줘.

병민이 사업 정리보다 누님 잔소리부터 정리해.

우리 집 남자들은 물러 터져서 사업하고는 연이 없어. 하는 족족 말아먹지 않나.

그런가?

하긴 뭐… 나도 아내와 딸에게 버림을 받았으니 할 말 없네.

그게 무슨 버림이냐? 배신이지!

너 사업 망하고 있는 재산 챙겨서 가족 지키겠다고 위장 이혼한 건데 결국 자기만 살겠다고 널 버린 거잖아!

으이그. 그 생각만 하면 아직도 자다가 벌떡 일어난다니까!

쾅

쾅

다 내가 못난 탓이지, 뭐….

청소는 끝났고 이만 퇴근할게.

또 2대커피 가? 몰래 딸 보러 가는 건 아니고?

누님 아직도 내 뒤 캐?

척하면 착이지.

지 애비가 여기서 고생하는 걸 알면 자기가 알아서 찾아와야지.

내일 새벽에 시장 가는 거 알고 있지?

달그락

달그락

오늘 손님한테서 얼음 이야기를 들었습니다.

아! 결국 여기로 왔군요.

이거 고수 앞에서…
부끄럽습니다.

부끄럽다니요?
2대커피 3년
단골이면
카페 창업이
가능하죠.

찌직

에이 뭘… 고비 밑에서
한참을 더 배워야지.

저는 늘 겸손하게
편안한 얼굴로
손님을 대하는
아저씨의 서비스 정신을
배우고 싶어요.

고작 발레파킹인데
별말 다 한다.

핑그르르

턱

아~ 아~ 커피는
배신을 안 해서 좋아.

커피는 퇴근 후
혼자 마시는 커피가
최고예요.
이 맛에 삽니다.

술 한 잔과
커피 한 잔 중
어느 쪽이
좋으세요?

당연히 커피지!
술 끊은 지 3년 됐다.

부탁이 하나
있습니다.

뭐든
말씀하세요.

주차 혜택
문제….

그것 빼고
뭐든요!

주변에서 2대커피에서
뒷돈을 준다는 둥 말이
많아서 그럽니다.

2대커피에서
커피 한 잔 거저
마신 적 없는데….
그런 얘기 신경
쓰지 마세요.

커피와 사장님을
만난 것은 제 인생의
터닝포인트였습니다.
고마운 일이죠.

돈이 조금 더 모이면
자그맣고 예쁜 카페를
하고 싶다는
희망이 생겼어요.

제 딸에게
아버지의 의지를
보여주고 싶습니다.

고맙습니다.
제가 드린 건
커피밖에 없는데….

들어가세요.

굿나잇!

아빠!

많이 기다렸어?

아니.

이렇게 데이트도 하고 좋다.

나도.

저녁은?

부우웅

엄마가 기다린다. 어서 가자.

덜컹

오늘 닭볶음탕 너무 맛있었습니다.

뭐든 잘 먹으니까 내가 더 고맙지.

부모님께서 곧 상견례 날짜를 잡으시겠다고 합니다.

상견례가 끝나면 내년 봄쯤 식을 올릴 것 같습니다.

아이구. 이제야 실감이 나네.

저는 이만.

그래요. 조심해서 가요.

오빠 잘 가.

그만 들어가세요.
사위 도착하면 문자
보내겠습니다.

사… 사위….

아버님, 커피
한 잔 주세요.

아빠 커피가
이 세상에서
제일 맛있더라.

고객님 신용 등급으로는
대출이 불가능합니다.

아이 참 나….

저 형님
오늘 정신이
없네?

주차는 신경
안 쓰고….

뭐? 3천만 원?

안 되겠지?

갑자기 무슨 바람이 들었냐?

그냥 물어본 거야.

나 가볼게. 손님 올 시간이야.

동생이 제 집에 온 후 사장님께 많이 의지하는 것 알고 있습니다.

사업 실패 후 술에 절어 살던 날들을 생각하면 끔찍합니다.

결국 알코올 중독에 걸려 재기의 기회도 놓치고 가정도 깨지고 말았죠.

고생이 많으셨겠어요.

그러다 커피에 재미를 붙여서 얼마나 다행인 줄 모릅니다. 그런데 오늘 낮에….

카페 창업 때문에 걱정이신가요? 저한테 예산을 물어보긴 했습니다만….

제 동생이라 잘 압니다. 잔정 많고 우유부단해요. 그런데 또 사업을 하다니요.

제가 막아준 빚만 해도 서울 시내 아파트를 사고도 남습니다. 그나마 부지런해서 저렇게 버티고 사는 겁니다.

부탁합니다. 동생이 일 저지르지 않게 잘 타일러주세요.

저는….

커피 외에는 손님의 사적인 일에
관여하지 않습니다.
죄송합니다.

제발
부탁입니다.

자질도 자질이지만
커피를 정식으로
배우지 않았는데
어떻게 카페를
운영합니까?

기술이나 지식보다
인성이 먼저이지요.

알게 모르게
커피 추출 기술도
많이 공부하셔서
소규모 카페는
당장 개업해도
지장이 없을 겁니다.

사장님!

……

누님, 불렀으면
무슨 말을
해야지.

107

알아보니까 1년에 약 2,400개 이상 카페가 오픈하고 프랜차이즈는 이미 10,000개를 넘어섰다더라.

여기서 셋 중 하나는 1년 이내에 폐업하고 5년 이상 유지되는 카페는 30퍼센트 미만이란다.

쓸데없는 생각 말고 조금만 더 붙어 있어라.

분점 하나 내면 지배인 시켜주고 지분도 줄게.

외삼촌!

어, 병민이 왔구나.

요새 엄마 어때요?

돈 필요
하구나?

예? 그걸
어떻게
알았어요?

엄마 심기
불편하니까
돈 빌릴 생각 마라.

아유~ 이번
보이차는 정말
놓치기 아까운데!

중국 구매 대행
보따리 장사하는 놈이
뜬금없이 비싼 보이차냐?

중국 사는
친구 놈이
보이차
마니아인데
우연히 보이차
전문가를
만났대요.

이 전문가가
친구한테
물량 확보를
해줄 테니까
팔아보지
않겠냐고
제안을
했다네요.

보이차는 와인처럼
컬렉션하는
사람도 많아요.
거기에다 대부분
현찰 거래고요.

친구가 한국 보이차
마니아들 책임지고
소개해준다고
했으니까 판로도
든든하거든요.

그 좋은 걸 왜 직접 하지 않고 너한테 넘기냐?

그놈은 쫀쫀해서 사업가 스타일이 아녜요. 수고비 좀 주면 돼요.

엄마한테 아쉬운 얘기하지 말고 있는 돈만큼만 수입하면 되잖아.

물량을 전체 구매하라는 조건이에요.

일단 여기저기서 돈은 구해놨는데 6천 정도 부족해요.

혹시 외삼촌 돈 있어요?

내가 무슨 돈이 있어?

아~ 일주일밖에 안 남았는데 죽겠네, 정말~. 이거 팔면 그동안 빚진 것 다 갚고 남는데….

거기에다 확 당기는 게 그 보이차 전문가가 윈난 성 커피 농장까지 잘 알아서 생두 수입에도 도움을 줄 수 있다는데….

윈난 성: 중국의 주요 커피 산지.

중국 커피 수요는 점점 많아질 거고 거래처만 잘 확보해두면 제 인생 활짝 피는 거라고요!

획

윈난 성 생두에 대한 의존도가 더 높아질 거라고 예상하는 전문가가 많긴 하지.

그것 봐요!

솔직히 외삼촌도 카페 하고 싶잖아요!

명진이 결혼 앞두고 빨리 오픈을 해야지요!

엥!

에이… 어른들 기 싸움이지. 우리는 가끔 통화해요.

지난번에 명진이가 그러데요. 예비 사위 소개해드리고 싶은데 아빠 직업 때문에 못 하고 있다고….

카페 창업 자금 있잖아요! 한 달 안에 두 배로 갚아드릴게요! 추후에 윈난 성 커피 전문점으로 특화시켜드리고요.

……

저쪽으로 들어가세요!

형님, 차 들어갑니다!

형님, 차 들어 간다니까요!

아!

요새 더 싱글벙글이야.

뭐 좋은 일 있수?

아니…. 그냥, 뭐….

공이 막국수

아저씨, 커피 테이크아웃해서 올 거니까 잠깐만 차 놔둘게요.

예. 다녀오세요.

2대커피 아닌데 괜찮아요?

물론이죠. 세상의 모든 커피는 평등하니까.

?

?

응! 아들~ 무슨 일?

그래서? 뭐라고? 너 지금 어디냐?

근웅아,
차 좀 빼라!
아니다!
택시 한 대
잡아라!

무슨 일이야?

지금 네 조카가
사기를 당해서 자살하러
한강 다리 가는 중이란다!

!!!!!

뭐 해!
택시 한 대
잡으라니까!

그래서 앞으로 어쩌시려고요?

휴우~ 조카한테 용돈 준 셈 쳐야지요.

사업 실패 후에 열심히 모은 돈이잖아요.

구멍 난 주머니에서 빠져나간 돈… 집착하면 울화만 터져.

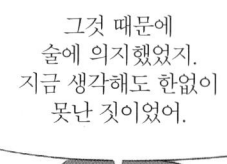
그것 때문에
술에 의지했었지.
지금 생각해도 한없이
못난 짓이었어.

어쩜 그리
참을성이
좋으세요?

아니야.
실은 나도 속이 쓰려.

제가 왜
사장님 커피를
좋아하게 된 줄
아세요?

아니요.

달콤하고 쌉쌀한 맛,
비터스위트!

좋은 날이 있으면
나쁜 날도 있고,
또 나쁜 날이 있으면
좋은 날도 있다는 것!

맞아요.
슬픔과 기쁨은 항상
교차하는 거지요.

곧 좋은 날이
또 올 겁니다.

미안하다. 명진아.
시간이 걸리게
생겼구나.

됐어! 갚아도
병민이가 갚아야지
누님이 왜 이래?

줄 때 받아!

어휴, 내가 전생에
무슨 죄를 지었는지
남자 복, 지지리도 없어요.

병민이는?

내일부터 여기로 출근할 거다.

그런데 왜 이렇게 많아?

병민에게 빌려준 돈에서 3천 더 얹었다.

왜?

네 퇴직금이야.

!

하지만 당장은 안 돼. 2대커피에서 전문가 과정 끝내고 가게 터 봐라. 명진이 결혼식 전에 당당한 아빠가 될 수 있도록 모두 끝내!

누… 누님!

대신 며칠간 내 새끼 교육 좀 시켜라.

어서 오세요.

키는 안에 꽂아두시고요.

외삼촌! 나 이거 벗으면 안 돼요? 패션이 영….

안 돼!

뽑은 지 일주일 됐으니까 살살 다뤄주세요.

에이, 차도 뭐… 별로….

악!

쾅

옛. 걱정하지 마십시오. 최고로 안전한 곳에 모셔두겠습니다!

굽신

여기 발렛비 천 원.

저… 저쪽에다 주세요.

콱

고맙습니다!

이 차는 빌라 뒤쪽에 주차해라.
저 차는 은행 주차장으로 가고.
거긴 조수석 쪽으로 최대한
붙여야 한 대 더 넣을 수 있다.

예! 예!

힘들지?

힘든 것보다
자존심 상해서
못 해먹겠어요.

그런데
우… 우리는
점심 안 먹어요?

바쁜 시간이
지난 뒤라야
먹을 수 있어.
2시쯤.

난 12시 넘으면
쓰러져요!

엄마한테
신임을 얻을 좋은
기회라고 생각해.

엄마가 매정해 보이지만
믿을 만하다 싶으면
화끈하게 밀어주잖아.

저도 엄마 속을
잘 모르는데 삼촌이
그걸 어떻게 알아요?

어릴 적부터
같이 컸으니까.

그나저나 삼촌 참 대단하세요.

한때 사장 하시던 분이 어떻게 이 생활을 3년이나 하셨어요? 그것도 늘 싱글벙글한 얼굴로요.

비법을 알려줄까?

커피 왔습니다.

아! 고비 고마워!

마셔.

비법 알려주신 다면서요?

커피를 마시고도 모르겠냐?

원래 인생이란 비터스위트야. 달콤하고 쌉쌀하고….

48화

삼대 라테

커피에 무슨 문제라도 있습니까?

아니, 여기 에스프레소 맛이 아주 좋구먼.

특히 이 크레마. 이렇게 부드럽고 조밀한 질감은 오랜만이야.

크레마(crema):
에스프레소 상부의 옅은 갈색 크림 층.

바리스타는 크레마를 알아주는 손님을 위해서 샷을 내린다는 말이 있는데 고맙습니다.

음, 아주 훌륭해.

그런데 좀 아쉽군.

예? 뭐가 부족합니까?

자네 같은 능력자가 조금만 더 욕심을 부리면 세계 최고의 카페와 어깨를 나란히 할 수 있을 텐데 말이야.

예?

지금 뉴욕에서는 더블 크레마가 확산 중이라고.

뉴욕에서 유학 중인 딸을 만나러 갔다가 알게 됐지.

딸아이가 그곳 힙스터들 사이에서 서서히 인기몰이 중이라며 날 데려갔거든.

더블 크레마는 더블샷 아닌가요?

힙스터(hipster): 자신만의 패션, 음악, 문화를 쫓는 부류.

125

내가 그런 것도 구별 못 할 노인으로 보이나!

죄송합니다.

같은 양의 원두로 두 배의 크레마 양과 질감을 내더군.

설탕이 그대로 버티고 있을 정도였지. 오버 추출하고는 달라.

직접 마셔보질 않아서 영 감이 잡히질 않습니다.

그걸 맛보려고 뉴욕까지 갈 필요 뭐 있어?

내가 비법을 알아냈거든. 어때? 당기지?

대한민국 최초의 더블 크레마 에스프레소를 서빙하는 바리스타가 될 기회야!

꿀꺽

그럼 한번 부탁드릴까요?

맨입으로?

예?

내가 제일 싫어하는 말이 재능 기부야!

마 선배님!

서울은 어쩐 일이시죠?

서울 오는 것도 네 허락을 받아야 해?

김 여사는
날이 갈수록
더 예뻐지시네요.

예.
오랜만입니다.

두… 두 분
아는 사이
신가요?

고비
네 스승의
스승!

허걱.
그렇다면 대단한
고수이시겠네요.
어쩐지….

고수지!
빌붙기 고수!

또 용돈이 떨어지신 모양이다.
지갑 채워질 때까지
여기 머물면서 후배, 제자들
가게 쭉 도시겠지. 가실 때까지
난 나타나지 말아야겠다.

안 좋은
기억이라도
있으세요?

내가 아니라
네 선생님.

여전하시네요,
선배.

이 나이에
변하면
죽는 일밖에
더 있나.

그래도 더블 크레마는 심했어요.

성공하면 어떡할래?

어디 가서 그런 말 마세요. 그건 사기입니다. 사기!

남 가르치려는 버릇은 변함이 없구나. 넌 그게 문제야.

한 번 정도는 선배 편들어주면 안 되냐?

걱정돼서 그러죠.

구설에 오르면 후배들이 멀리하게 됩니다.

그나저나 2016년인데도 여기는 여전히 1990년대 분위기구먼.

웬만하면 인테리어 좀 바꿔. 요새는 커피 맛보다 인테리어로 장사하는 시대잖아.

안녕하세요. 강고비입니다. 아까는 몰라봬서 죄송합니다.

카페에서 인사는
커피로 하는 거지, 뭐.

이번에는 드립으로
올릴까요?

오케이.

석이, 이젠 쓸 만한
제자도 있으니까
나랑 유유자적 술이나
마시러 다니자.

저는 아직
현역이 좋습니다.

징글맞다.
일하는 게 뭐가 좋누?

커피
나왔습니다.

턱

으음, 이것도
괜찮군.

이 커피는….

알아, 알아.
케냐 커피잖아.

과테말라인데요.

안다니까. 자네는
유머 감각이 없군.

콜롬비아인데요.

풋

이 버릇없는 놈
어디 갔어!
어른을 갖고 놀아?

저녁은 뭘 먹어?

점심은 국수였으니까 저녁은 고기로 하지.

선배님, 저희는 퇴근해야 하는데….

아! 내 걱정하지 마. 여기서 며칠 신세 질 테니까 그리 알라고.

불편하실 텐데 저희 집으로 가시죠.

괜찮아. 밤샘 로스팅 할 때 쓰는 야전침대면 충분해.

나 잘 알지? 신세 지는 만큼 밥값 하는 거…. 헛헛헛!

내일이면 또
더러워질 텐데
뭘 그렇게
열심히 닦아?

내일 밥그릇
또 쓴다고
오늘 설거지
안 합니까?

그 선생에
그 제자구먼.

저도 퇴근하려는데
필요한 것 없으신지요?

있지.

요거!

그건 없는데요.

사와!

꼴꼴꼴

자네도 마셔!

전 매장에서 술 마시지 않습니다.

으이그, 융통성 없는 것도 지 선생이랑 똑같구나. 둘이 잘 만났어.

원래 카페에서 술도 팔았어. 압생트도 카페에서 몰래 마시다가 대중화된 거잖아.

요즘은 팔지 않습니다.

네 선생 문제가 뭔지 알아? 너무 진지하고 고지식해. 내가 그래서 박석 커피를 싫어해.

압생트(absinthe): 향 쑥, 살구씨, 아니스 등을 주된 향료로 써서 만든 술.

인생이나 커피나 즐기는 거잖아.

꿀꿀꿀

선생님은 인간적인 정이 있으세요.

꼬을

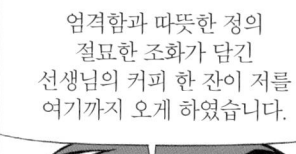

엄격함과 따뜻한 정의 절묘한 조화가 담긴 선생님의 커피 한 잔이 저를 여기까지 오게 하였습니다.

그런 말 안 해도 넌 훌륭한 제자야.

감사합니다.

박석 같은 선생 만나면 커피는 몰라도 인생은 피곤하다.

어때? 나한테로 오지 않을래?

싫습니다!

뭘 먹여서 이렇게 충성 일변도야?

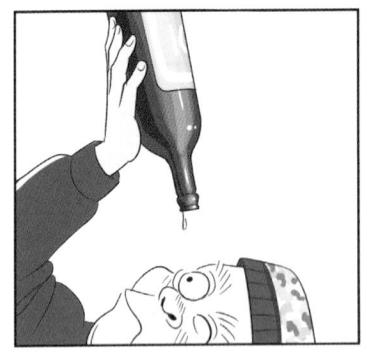

가서 술 더 사와.
소주 두 병에 맥주 네 병,
소주 대 맥주 일 대 이가
폭탄주의
황금 비율이지.

그리고
오징어도
한 마리 사오너라.
가미한 것 말고
통째로 말린 걸로.

안 됩니다. 이젠 주무십시오.
특히 오징어는 냄새 때문에
더욱 안 됩니다.

이거 시작하다
말라는 거냐!
맥주에는 땅콩,
오징어야!

덜컥

덜컥

안녕히 주무세요.

이게 뭐야. 팬티에
오줌 절인 꼴 아니냐.

그럼 이거나
틀어주고 가거라.

네 선생하고
유일한 공통점은
일이 꼬였을 때
이 음악을
들었다는
것이다.

기이잉

왓!

이… 이건
술 냄새, 오징어 냄새!

쿠아아

쿠아아

일단 냄새부터
빼자!

예!

덜컥
덜그럭

에잇! 잠이 한참 클라이맥스인데 시끄럽게 이러냐!

벌떡

아실 만한 분이 오징어 냄새, 술 냄새를!

!

저놈이 사줬어! !!!

전 맥주 두 병뿐이었어요! 맥주 네 병, 소주 두 병, 오징어, 땅콩은 제가 산 게 아니잖아요!

그것으로 발동이 걸렸으니까 네가 범인이지.

아이고….

북 북

이따 저녁때 만나자.

죄송합니다,
선생님.

아니다.
네가 아니었어도
술을 마실 분이다.

저렇게 며칠 더 머물다가
훌쩍 떠나는 양반이니
조금만 고생하자.

스승과 제자의 역할이
바뀐 것 같아요.

다른 건 몰라도
커피만큼은
인정해야 해.

나이 때문에
은퇴하신 건가요?

한곳에 머무는 분이
아니셔. 그런데도
지금 당장 현역으로
복귀한다면 커피 업계의
흐름을 바꿀 정도의
저력이 있으시지.

아직도
대기업 프랜차이즈나
대형 카페에서 여전히
컨설팅 의뢰나
영입 접촉을 하고
있다는구나.

그 정도의 실력이라니….
3대로서
뿌듯합니다.

기이잉

선생은 퇴근하고 혼자 있구나.

아! 오셨어요?

온종일 이곳저곳 다녔더니 삭신이 쑤신다.

덜썩

끄억~

커피 한 잔 드릴까요?

NO! 후배들, 제자들 커피 세례에 좀비가 될 지경이야.

시장하시면 밤 좀 삶아 드릴까요?

밤?

손님이
선물로 주셨는데
많이 남았어요.

밤 가지고
안주가 되나, 뭐….

……

오늘은 아무 데도
안 나가시네요.

이제 가라는
소리구나.

벌써 5일이
지났으니까
가신다고 해도
잡지 않겠
습니다.

며칠 더
있을 거야.

오늘은 오랜만에
로스팅 좀 해볼까?
후배들 카페인데 빈손으로
가기 뭐하군….

!

이번엔 또 어떤 여자죠?

네 선생은 나를 너무 잘 알아.

커피 좀 알면 여자 꼬시기가 좋거든.

윽!

원두 좀 쓸게.

선생님, 그냥 보고만 계실 겁니까?

나중에 내가 저러면 너 어떡할래?

아… 알겠습니다.

어쨌든 드디어 기대하던 선생님의 선생님 커피 맛을 보게 됐군요.

!!　!!!

로스팅!

앗!

어제 무리를 해서 피곤했나… 깜빡 졸았네.

조심하셨어야죠! 당장 로스팅을 해야 하는데!

생두 값 얼마냐? 빡빡하게 굴지 마라.

선생님, 청소해야겠습니다!

143

이렇게 모두를 불편하게
하시면 어떡합니까?

드르륵

넌 나보다
로스팅 머신이
더 중요하지?

유치하게
그런 식으로
말씀하지 마세요.

좌악

그래. 난 유치원생이고
넌 대학원생이다.

유치하고 영업에
방해돼서 미안하다.
요 조그마한 가게
하면서 으스대긴!

샤샥

조그만
가게요?
그래서
그렇게
하셨나요?

일본에서
2대커피 이름으로
생두 주문해놓고
결제는 나 몰라라 하면서
가게 망하기 직전까지
몰고 가셨어요?

!

또 지난 얘기 리피트!
지금이라도 무릎 꿇고
용서를 빌까?

선배 눈에는 하찮은 가게로 보일지 모르겠지만 저한테는 목숨과도 같은 곳입니다!

망할 놈! 그 소중한 목숨 알게 해준 사람이 누구냐!

에잉!

저 안 잡습니다!

걱정 마! 화장실 가는 거야!

그럼 제가 나갑니다!

힉

속 좁은 놈. 그걸 여태 마음에 두고 있었네.

저… 두 분 화해하셨으면 좋겠습니다.

놔두고 밤이나 가져와.

밤?

손님이 줬다는 것 말이야.

시장하세요?

그게 아니라 작별 선물 주려고.

내가 가야 박석이 저 옹졸한 놈이 카페로 돌아오지.

○ ○ ○ ……

툭

탁

탁

밤 굽는 냄새는 영업에 방해 안 되냐?

나쁜 냄새가 아니니까 환기 잘 시키면 되죠, 뭐.

군밤 껍질을 까고 갈아라.

밤 가루를 넓은 볼에 넣고
설탕과 우유를 붓고
계속 저어라.

이렇게요?

젓는 만큼
식감이
좋아지니까
열심히 저어!

그런데
군밤 라테라니….
아이디어가
대단하세요.

박석에게도
알려주지 않은 레시피다.

영광입니다.

난 밥값은
한다니까!

어떠냐?

당장 시즌 메뉴로 팔아도 되겠는데요!

그런 의미에서 군밤에 맥주 한 잔?

!!

쪽

크ㅎㅎ! 농담이야 농담!

무엇을 드릴까요?

어제 마셨던 군밤 라테로 할게요.

밤 라테는 들어봤어도 군밤 라테는 처음이네.

그렇지? 역시 2대커피라는 말밖에 안 나와.

저도 그걸로 할게요.

군밤 라테가 출시 삼 일 만에 시즌 메뉴로 자리 잡은 것 같다. 수고했다.

선생님, 이거 마 스승님 덕분입니다.

선생님 화가 누그러지면 말씀드리려고 했습니다. 죄송합니다.

언짢으시면 메뉴에서 내리겠습니다.

이미 손님들에게 선을 보였으니 어쩔 수 없지.

감사합니다. 선생님.

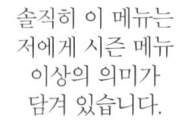

솔직히 이 메뉴는 저에게 시즌 메뉴 이상의 의미가 담겨 있습니다.

무슨 의미지?

두 스승님의 가르침이 한데 모인 메뉴라서 각별합니다.

이것은 박석의 에스프레소가 들어간 마 선배의 군밤 라테일 뿐 너에게는 의미가 없는 메뉴다.

!

진짜 나에겐 아무런 의미가 없는 메뉴인가?

군밤 라테에 어떻게 나만의 의미를 담을 수 있을까?

이럴 때 선생님이라면 어떻게 하셨을까?

일이 풀리지 않을 때는 이 음악을 들었지.

이 음악으로 두 스승님이 효과를 보셨다니까 나도 그럴지 모르지. 무슨 몽크였는데….

맞다! 델로니어스 몽크!

잠깐! 이게 뭐지? 오~ 몽크란 사람이 이런 말을 했다니….

커피 한 잔 줘~.

아직 안 가셨습니까?

카페 성이에서 극진한 대접을 받고 있어서 쉽게 발길이 떨어지지 않는구먼.

두 분 선생님을
제가 모셨습니다.

두 스승님에 대한 감사의
마음이 담긴 선물을
준비했기 때문입니다.

마침 여기
다 계셨군요!

어이쿠.

난 다음에
다시 올게.

아니죠! 제 얘기는
듣고 가셔야죠!

혹시 군밤 라테 아세요?

우리 메뉴지.

가을 시즌 메뉴로 선보였는데 인기가 좋아.

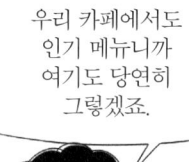

우리 카페에서도 인기 메뉴니까 여기도 당연히 그렇겠죠.

응? 거기서도 군밤 라테를?

마 선배님, 설명해주세요.

아니… 난… 그냥… 나가서 얘기하지, 뭐….

선배님이 어찌 저한테 이러실 수 있는 겁니까?

말의 핵심이 뭔가?

2대커피의 군밤 라테는
엄연한 표절입니다!
표절!

표절은 무슨….
말이 심하군.

!

제 레시피를 선배님이
2대커피에 알려주셨죠?

휴~

휴~

선배님,
사실입니까?

이 세상 모든 이야기는
다 그리스로마신화의
변형이라는 말이 있어.
그깟 군밤 라테가 뭐가 대단하다고
레시피 좀 나눠쓰면 어때?

사람들이, 제가
2대커피 레시피를
카피했다고
수군대고
있어요!

제가 원조인데
왜 그런 오해를
받아야 하죠?

154

솔직히 말해서
자네 군밤 라테도
내 군고구마 라테에서
힌트를 얻은 거잖아.

군고구마 라테랑
군밤 라테는 엄연히
다른 메뉴입니다!

두 선배님께는 죄송하지만
이번 일은 억울하고 분해서
도저히 그냥 넘어갈 수 없습니다!

그래서
어쩔 건데?

제 블로그에
올릴 겁니다!

잠깐만요!

넌 빠져!

155

이름이
비슷하다고
표절은 아니지요.

제 라테를
마셔본 뒤에
판단하실까요?

무리수 두지 말고
사과하는 게 어때?

일단 드셔보세요!

!

!

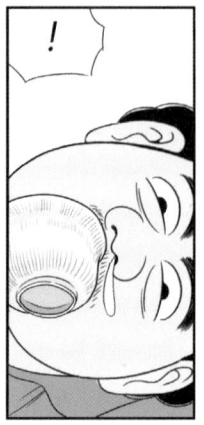

!

!

이런!
고비가 만든 게
더 맛있네!

어찌
된 거야?

뭘 넣은 거지?

쪽

으음!

초이허트 씨, 이것을
군밤 라테 대신
삼대 라테로 소개해줘!

2대커피의
삼대 라테?

마 스승님의 제안과 선생님의
에스프레소 그리고 강고비의
레시피를 섞어서 만든 삼대 라테!

아직도
표절이라
생각하나?

표절치고는
너무 맛있어.

쪽
쪽

157

이봐 초이, 뭘 넣은 것 같아?

그… 글쎄요. 밤… 우유… 또 뭘까?

쿡

시끄러울 뻔했구나.

신메뉴 하나 내놓는 것이 이렇게 어렵군요, 선생님.

실추된 명예는 물에 빠진 돌처럼 다시 띄우기 어려운 거야.

이것이 감사의 선물이었나?

예.

밤 표면에 시럽을 여러 번 발라 구운 후 갈아서 우유를 섞었기 때문에 표절이라고 할 수 없습니다.

솨아아

박석, 나처럼
제자 운 하난 좋구먼.

그런데 어떻게
레시피를 수정할
생각을 했지?

다 선생님의
충고와
델로니어스 몽크
덕분입니다.

몽크?

예. 몽크요.
마 스승님도, 선생님도
일이 안 풀리면 들으셨다면서요?

난 금시초문인데?

에?
재즈 피아니스트이자
비밥의 창시자 중
한 사람인 몽크….

난 재즈 안 좋아해.

삼대 라테 이거
한 잔 더 다오.
군밤 라테보다 한 수 위야.

삼대 라테 주문
추가요~!

ㅎㅎ.

마 스승님 말씀마따나
이 세상 모든 이야기는
그리스로마신화에
들어 있다는 것에
동의합니다.

그래서 이 세상에
새로운 커피도
없다고 생각합니다.

삼대 라테도 저만의
의미를 살짝 넣은
특별한 커피일 뿐….

동의한다.

고맙습니다.

그런데 진짜
몽크 모르세요?

모른다.

그러면 몽크가 한 말도
모르시겠네요.

모른다.

새로운 음은 어디에도 없어. 건반을 봐.
모든 음은 이미 그 안에 늘어서 있지.
그렇지만 어떤 음에다 자네가 확실하게 의미를 담으면
그것이 다르게 울려 퍼지지. 자네가 해야 할 일은
진정으로 의미를 담은 음들을 주워 담는 거야.

-델로니어스 몽크-

49화

게이샤도 소용없어

나… 참.
어처구니가 없어서!

이럴 때는
커피죠.

지금 우아하게
커피 마실 때가
아니야.

그럼
테이크아웃….

그럴 때가
아니라니까!

카페 주나라고
들어봤나?

강남 탑 파이브 안에 드는 카페 주나 말씀인가요?

그래. 바로 그 카페!

오늘 강남 가시나 봅니다.

강남 갈 필요 있나? 이제 이 동네 들어오는데….

예?

언제?

어디?

오픈은 이번 주!

위치는 그 싸가지 없는 최고집네 건물!

그 건물은 얼마 전 1층도 계약이 끝나서 공사 중이라 더 이상 공간이 없는 걸로 알고 있는데요?

그 음흉한 인간이 가림막을 하고 카페 주나 실내 공사를 하고 있었어.

먼지, 소음 등 민원이 많아서 칸막이를 한 것이 아니었나요?

나도 그런 줄 알았지.

그런데 뭔가 찜찜해서 알아보니까 저런 무리수를 두고 있었다니까.

건물주야 유명한 카페가 들어온다는데 마다할 이유가 없지 않습니까?

들어온 게 아니라 모셔온 거야!

월세도 깎아주고 기존 세입자 권리금도 자기가 대신 내줬대!

그 고집불통이 이렇게까지 하는 건 나를 한번 이겨 보겠다는 거야.

2대커피가 대비책을 세우면 안 되니까 가림막을 한 거고.

과대 해석 아닙니까?

리모델링부터 세입자 업종까지 우리 건물 따라 한 거 알면서도 저런다.

그동안 따라 하기로 성공했는데 유독 카페만큼은 실패를 거듭했지.

그런데 사장님을 이기고 싶어 하는 이유는 뭡니까?

지난번 건물주 모임에서 최고집 건물의 카페가 번번이 실패한 이유를 2대커피와 비교하면서 말했더니 자존심 센 그 고집통이 발끈한 거지.

갑자기 전운이 도는데요.

으음.

그렇다고 변하는 건 없어.

각자의 커피를 할 뿐이니까.

나도 신경 안 쓰는데 하는 짓이 괘씸해서 그렇지.

막무가내로 달려들면 나도 가만있을 수 없지 않은가!

두 분은 어떻게 앙숙이 되신 거죠?

앙숙이라니! 난 신경도 안 쓴다니까! 혼자 저러는 거야!

신경도 안 쓰신다면서 신경 쓰고 계시잖아요.

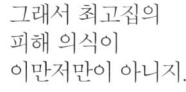

우리 건물에 좋은 카페가 있으니까 자기네 건물보다 비싸졌거든.

그래서 최고집의 피해 의식이 이만저만이 아니지.

그러니까 나를 아직도 처덕이라고 놀리지. 처덕, 처덕, 처덕.

처덕처덕 뭘 바르십니까?

최고집 와이프가 아니었으면 벌써 주먹다짐을 해도 몇 번 했을 거야.

그냥 한 방이면 끝날 놈이!

기이잉

휙 휙

!

저 때문에 주먹다짐을 참으셨다니 고맙습니다.

어… 어이쿠 오셨습니까!

장 보러
나오셨나 봅니다.

예. 장 보기 전에
항상 여기 와서
숨을 돌리지요.

오늘이 마지막이
될 텐데 천천히
즐기다 가세요.

왜요?
2대커피가
이사 갑니까?

그쪽 건물에
카페가
들어왔는데
여기를 다니실 수
없지 않습니까?

더구나
최 사장 성질에
가만있겠습니까?

그건 그거고
이건 이겁니다.

아무튼 천천히 즐기다 가세요. 저는 퇴청합니다.

커피 조금 더 드릴까요?

아니요. 한 잔이면 충분합니다.

오늘 저녁 반찬은 뭘로 정하셨습니까?

시장에 가면 자연스럽게 정해지죠.

요즘은 생선이 맛있는 계절이니 아무래도 그쪽으로 해야겠죠.

최 사장님이 세끼를 집에서 해결하시니 힘드시죠?

제 음식을 잘 자셔주니 고맙죠, 뭘.

자, 이제 시장에서 물 좋은 생선이 없어지기 전에 가봐야겠어요.

기이잉

사모님의 행복한 미소를 보면 저도 덩달아 행복해지는데 더는 못 뵌다니까 아쉽네요.

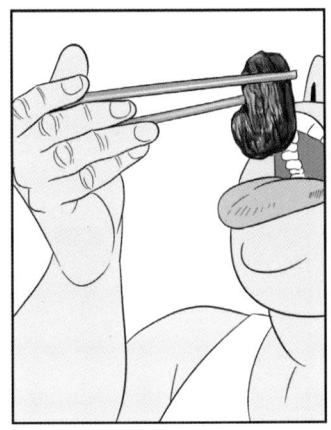

꽃등심이 최상품이라더니 정말이네!

전화하지 그랬어요. 금태가 물이 좋아서 샀는데….

내일 먹으면 되지, 뭘.

생물이니 아까워서 그러죠.

그리고 앞으로 세입자에게 이런 거 받지 말아요. 사람들이 오해해요.

치지지

그러거나 말거나 내가 편의 봐준 거 생각하면 소 한 마리를 받아도 모자라.

다른 세입자들이 알면 가만있지 않을 텐데요.

173

우리만 아는
비밀이니까 입단속
단단히 하면 돼.

그렇게까지 해서
처덕 아저씨를
이기고
싶으세요?

말조심! 어른을
별명으로 부르면 못 써!

건물을 장인어른에게서
받았으니 처덕 맞지.
그럼 뭐라 부르나?

그 자식
잊을 만하면
약을 올린다니까.

그까짓
2대커피가
뭐 대단하다고.

턱

어머니의 6년째
단골 카페이니까
대단한 거죠.

시끄러!

잠자는 사자의 코털을 건드렸으니
본때를 보여줘야지!

꿀꺽
꿀꺽

당신도
2대커피
다니는 것
잘 생각해봐.

지난번에 말했던
세탁기는
생각해봤어요?

아직 쓸 만하던데, 뭘!

제가 사드릴게요.

돈 모아서
집 사야지.

이 건물
네 것
아니다!

걱정 마세요.
관심 없어요.

이제 이불 빨래하기
힘들어서 그래요.
다시 생각해봐요.

그건 쓸 만하다고
얘기했잖아!

주우욱

개업식 화환 제일 크고
화려한 걸로 주문했지?

창틀에 먼지 좀
닦아야겠어.

건물이라는 게
난 키우는 거랑 똑같아.
아끼고 다듬어야
빛이 나는 거야.

내 약은?

설거지
끝내고 갖다
드릴게요.

밥 먹고
바로 먹을 수 있게
식탁에
준비하라니까!

쏴아

달그락
달그락

어머니,
저 갈게요.

왜?
자고
가지?

내일 일찍
약속이 있어요.

아버지가
섭섭해하실 텐데.

저 노력 많이
하는 거 안 보이세요?

그런데
어머니….

저도 이 동네에서
2대커피가
제일 좋아요.

카페 주나
개업 이벤트인데
아메리카노를
일주일 동안 천 원에
서비스한대!

와!

웬
사람들?

뭣들 하는
거야?

그게 뭐 대단해?

스페셜티 커피로
만든
아메리카노래!

바리스타가
다 꽃미남이야!

우리는 손님이 없는데 카페 주나는 줄을 섰어.

다른 날도 이 시간에 손님 없었던 적 있었어.

가격으로 치킨게임 하자는 거잖아!

치킨게임: 자동차를 타고 서로 마주 보고 속력을 내서 달리다가 핸들을 먼저 꺾으면 치킨이라고 조롱받은 데서 유래한 용어.

이 동네 살면서 이런 한심한 경우는 처음이야.

말 그대로 이벤트인데, 뭘….

당신 정말 신경 안 쓰여?

난 브라질 생두 가격이 더 신경 쓰여.

아무튼 저렇게 물량 공세 펼치면 머지않아 주변 카페들 곡소리 나겠어요.

어차피 오픈발이에요.

행사 끝나면 썰렁해질걸요.

맞아요! 호락호락 넘어갈 2대커피가 아니죠!

그래! 눈에는 눈! 이에는 이!

싸우지 마세요. 서로 아끼며 살아도 부족한 시간이에요.

……

정말 이대로 팔짱 끼고 강 건너 불구경하듯 하겠어?

아니. 대책이 있다.

그럼 그렇지. 사장님이 가만 계실 리 없지!

고비야, 2대커피나 한 잔씩 하자.

윽!

억!

쿵 쿵

출발이 좋아!
이 정도 반응이면
2대커피는
겨울 밭의 무야!

갔다 올게요.

어딜?

시장요.

고비 총각,
지난번에
바흐 곡 뭐였지?

커피 칸타타요.

응. 그거
듣고 싶어.
커피 칸타타.

어머!
저것 봐! 저것 봐!

철물점 아저씨,
장어탕 집 아줌마,
훈이 엄마….
이 배신자들!

뭐야!
믿고 믿었던
김밥 집
사장님까지!

어머나!

천 원짜리 커피
맛이 어땠어요?

난… 그냥.

인테리어가 어떤지 보려고….

아~ 나도 인테리어 빵빵한 김밥 집으로 바꿔야지.

왜 그래. 동네 장사하는 입장에서 한번 가봐야 체면이 서지.

전 체면보다 의리가 더 중요해요!

카페 주나 건물주 사모님도 2대커피를 계속 다니시는데 그깟 가격 때문에 배신 때려요?

!

!

그래도 어떻게 단번에 발길을 끊어요?

당신이 다른 카페 가면 사람들이 뭐라고 하겠어!

다른 사람들 신경 안 쓴다더니….

이건 상황이 다르잖아!

카페 주나를 어렵게 데려왔는데 이걸 알면 얼마나 섭섭해하겠어!

아~.

세탁기 안 바꿔주니까 머리 아파?

세탁기 다음 달에 바꿔줄게.

그게 아니라….

카페 주나에 당신이 가면 이 세상에서 제일 비싼 커피를 내놓으라고 부탁했으니까 한번 가봐!

알았어요.

선생님은?

산책하러 나가셨습니다.

카페 주나 때문에 손님 빠지는 소리가 천둥처럼 들리는데 천하태평이네. 속 터져 정말!

저, 여사님.

?

저는 카페 주나 시끄러워 싫더라고요.

어머! 계셨군요! 몰랐어요!

곧 갈 겁니다.

카페 개업이 아니라 상도덕 때문에…. 오해하지 마세요.

비비비

이벤트 반응이 좋다고 일주일 연장했으니 그럴 만하죠.

기이잉

왔네.

CAFE JOONA

뭐야? 지금 거기 갔다 오는 거야?

응. 아주 훌륭한 카페야.

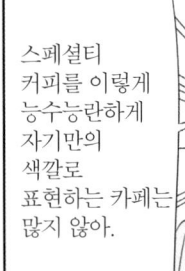

스페셜티 커피를 이렇게 능수능란하게 자기만의 색깔로 표현하는 카페는 많지 않아.

아고 머리야. 나 갈게.

그렇게 괜찮았습니까?

긴장될 정도로요.

그런 카페가 저를 위해서 게이샤를 준비한다잖아요.

흉측해서 그만두라 하고 나왔어요.

게이샤를 일본 게이샤로 생각하셨어요?

게이샤는 커피 품종인데요. 스페셜티의 시작을 알린 기념비적인 생두입니다.

그… 그래요? 그 게이샤가 그 게이샤 아닌가?

와인처럼 테루아를 느낄 수 있는 몇 안 되는 커피죠.

저도 딱 한 번 마셔봤는데 꽃밭을 산책할 때의 화사함 그 자체였어요.

어머나! 그래서 비싼가 보네!

테루아(terroir): 포도가 자라는 데 영향을 주는 모든 요소를 포괄하는 용어.

전 세계 게이샤 중 파나마 에스메랄다 농장의 게이샤가 가장 유명하죠.

가격이 킬로그램당 10만 원 정도인데, 그 농장의 게이샤라면 잔당 2만 원은 내셔야 마실 수 있습니다.

2만 원이면 5킬로그램짜리 쌀보다 비싸잖아!

저도 게이샤를 로스팅 할 때 부담을 느끼는데, 오늘 보니까 카페 주나 정도면 아주 훌륭하게 볶을 겁니다.

게이샤라면 커피 좋아하는 사람들 혹할 만하죠.

사장님께서 사모님을 위해 꽤 신경 쓰셨네요.

아쉽지만 어쩔 수 없네요. 그래도 가끔 들러주세요, 사모님.

그래서 앞으로 저한테 커피 안 팔겠다 이겁니까?

그런 뜻이 아니라….

애 아빠 체면 구기고, 주나 대표도 섭섭해할 것 알아요.

제가 집에만 있다가 때가 되면 시장이나 왔다 갔다 하니까 아무 생각 없이 사는 부엌데기로 보이나요?

저 커피 맛 때문에 2대커피에 오는 것 아닙니다, 사장님.

아이고, 시장 늦겠네.

안녕히 가세요. 감사합니다.

그런데 선생님, 게이샤 생두는 정말 로스팅이 힘듭니까?

노련한 로스터들도 꽤나 긴장하며 볶는 생두란다.

그 이유는 말이다.

꿀꺽

!

비싸서 그렇다!

190

어?
최 사장님이….

세끼 집 밥만
자시는 양반이
여길 다 오시다니….

오래 살고
볼 일이네요.

오래 살아도
별 볼 일 없다.

저 인간 나한테
잘난 척하려고 온 거야.

턱

어디 보자.
저게 좋겠군.
여기 두부 정식 줘요!

어이쿠, 이게 누군가?
2대커피 건물주
아니신가?

두부 정식보다 청국장이
맛있어. 그거 먹어.

단골 추천
메뉴인가?

밥 먹고
우리 카페에 가서
커피 한잔할까?

동네 최고
인기 카페에
빈자리가 있겠나?

하긴 우리 카페에만 손님이 몰려서
다른 카페에 미안해 죽겠어.
특히 2대커피 말이야.
동네 터줏대감이라 충격이 클 것 같아.

걱정 마. 뿌리 깊은 나무는
그리 쉽게 흔들리지 않아.

달그락
달그락

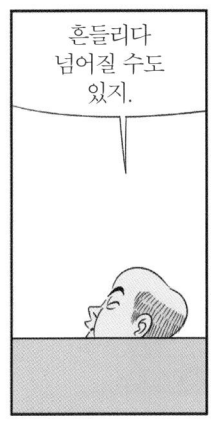

흔들리다
넘어질 수도
있지.

하이고,
넘어지기 전에
2대커피나
많이
마셔둬야지.

커피 마시기
궁하면
주나로 와.
특별 할인
해달라고 할게.

천 원에서
할인하면 오백 원에
해준단 말인가?

이번 주말에
이벤트 끝나면
제값 받을 거야.

벌써 이 주일이 지난 거야?
박석 사장한테 망하기 전까지
민호 어머니 할인해주라고
말해야겠구나.

뭐… 뭐…!

당신… 커피는
마실 만했어?

무… 무슨 커피?

당신 마시라고
특별히 부탁한 커피.

아삭

아, 게이샤요?

꽃밭을 걷는 것처럼
화사한 느낌이던데요.
비싼 값 하더라고요.

그것 봐. 이젠
멀리 가지 말고
내려가서 편안하게
커피 마셔.

당신한테는
무조건
최고급 커피를
내라고 했어.

재활용
쓰레기 좀
버리고
올게요.

나가는 김에 건물 주변에
불법 주차한 차들 사진 좀
찍어와. 아무래도 철물점 뒤편
연립주택에 사는 놈들 차 같아.

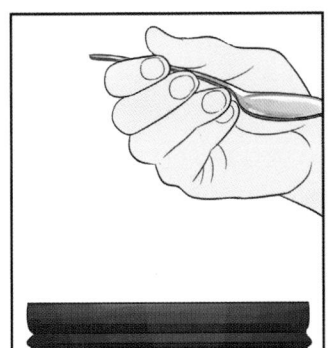

어머니, 오늘
된장찌개 최고예요!

엄마 음식만 좋아하면
장가는 어떻게 가니?

소금 좀 줘.
너무 싱거워.

너무 짜면 혈압에
안 좋아요.

그냥 줘!

내 말도 들을 만한 건
들어봐요.

그러는 당신은
내 말을 잘 들어서
2대커피 가나?

덜컥

세탁기 내일
배달 올 거야.

세탁기가 문제가
아니에요.

그럼 도대체
2대커피에 가는
이유가 뭐야?

이제야 처덕 그놈
앞에서 어깨 좀 펴고
사나 했더니 당신이
초 치고 있잖아!

2대커피에 다시 가면
그때는 짐 싸서
나간다는 뜻으로
알겠어!

와!
어머니 좋겠네요!

뭐야!

아들놈 교육을 어떻게 했길래 이 지경이야!

안 되겠어! 왜 나만 고생이야! 너도 들어와서 건물 관리도 하고 그래! 어차피 네 건물 될 것 아니냐!

제 것 아니라면서요? 저 이 건물에 관심 없어요.

제가 취직하자마자 독립한 이유를 모르세요?

뻔해! 눈치 안 보고 술 마시고 놀려고 그런 거지!

음식 뒤적거리지 말고 먹어!

그러시니까 어머니가 2대커피에 가는 이유를 모르시죠.

아버지의 좁디좁은 울타리에 갇혀서 34년을 살아오셨어요. 어머니 두통이요? 그거 다 아버지의 간섭과 잔소리, 감시 때문에 생긴 건 줄 왜 모르세요?

그 모습을 보고 자란 저도 미칠 것 같아서 독립한 거고요!

이 자식이! 나가! 앞으로 부자의 연을 끊자!

어머니한테 정말 필요한 건 게이샤가 아니라 아무 생각 없이 혼자 앉아 있는 시간이에요.

그 낙마저 뺏지 마세요.

고비야, 끝내자.

손님이 줄어드니까 마감 시간도 짧아졌네요.

힘들더라도 손님이 있을 때가 행복해요.

시간 여유 있을 때 먹는 게 있지.

뭔데요?

삼겹살!

야호!

기이잉

나는 말이다.

예. 선생님.

이 동네 카페들은
저마다의 특색이 있어서
새로운 카페가 개업했다고
쉽게 무너지지 않아.

커피는 호흡이
중요해. 일정한
템포의 호흡….

알고 있습니다.
이벤트 끝나면 다시
돌아올 손님들이란 걸….
알면서도 섭섭했어요.

나도 실은 그랬다.
그깟 할인된 스페셜티
커피 하나에 발길을
뚝 끊는 건 뭐냐.

김중배의
다이아몬드라면
모를까.

그동안 의기소침한 모습
보여드려 죄송합니다.

늦었지만
저도 한 수
배운다
생각하고
주나에
가봐야
겠어요.

오! 강고비
이제 좀 마음에
드는구나.

김 여사님
부를까요?

물론이지!

200

마음 불편하게 마시는
게이샤보다 이게 훨씬 낫지.
암 그렇고 말고.

아무리 비싼 커피라도 분위기에 따라 맛이 다르다.
커피는 미각과 후각 이전에
감성이 먼저 맛을 느끼고 판단한다.

내 말 안 듣고
끝까지….

50화

커피 향기 은은하게

아빠, 시동!

헉!

아이구, 늦었구나!

푸아 푸아

깨우지 그랬어!

너무 달게 주무셔서 깨울 수가 없었어.

분명히 넌 잠 없는 엄마를 닮았어.

가자!

안녕히 주무셨어요?

어?

오빠!

출근 안 하고 여기는 웬일인가?

아버님 오전 운행 안 하실 때는 제가 윤지 픽업하러 오겠습니다.

아니, 방향이 정반대인데 여기까지 왜 와?

호호…. 아침 데이트가 재미있기도 하고….

그리고 이거 드세요.

제가 만든 커피입니다.

내 커피는?

여기.

안녕히 계셔요.

그래. 고마워.

아빠!

알았어. 짜장면 먹지 말고 안전 운전!

가, 오빠!

꿀렁

텅

206

으아암.

112

부우웅

덜컥

동백기사식당

달그락

달각

돼지고기 볶아 왔슈.

고맙소.

외동딸 결혼식 준비로 정신없쥬?

좋은 사돈 만나
좋게 마무리
지었어요.

한 달 후부턴
혼자 살아야
헐 틴디…
짠해서 어쩌~.

허전할 테지.
남들도 다 겪는 과정인데, 뭘.

청첩장 나오믄
꼭 줘유!

잠깐만.

이거 좀
헹궈줘요.

속에 뭐가
남았는디… 커피유?

사위가 준
원두 커피인데
입에 안 맞아서
그만 마시려고….

늦었구나.

오빠랑 영화 봤어.

오늘 식사 동백식당에서 했지? 내가 먹어봐도 그 집만 한 곳이 없더라.

내가 시집가도 한 달에 두 번 정도는 반찬 해올 테니까 식사는 되도록 집에서 해.

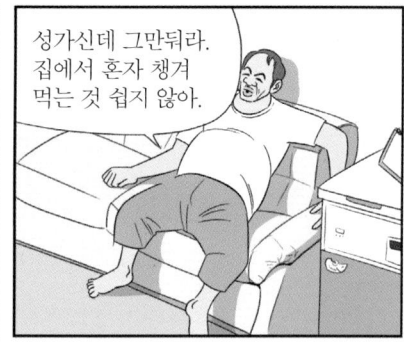

성가신데 그만둬라. 집에서 혼자 챙겨 먹는 것 쉽지 않아.

그리고 그 원두 커피….

아, 오빠 커피 어땠어? 괜찮았지?

우리가 처음 사귀기 시작한 것도 커피 때문이었어.

다음에 만날 때 커피 맛있었다고 칭찬해줘.

요새 아빠한테 점수 따려고 애쓰잖아.

난 자판기 커피 입맛이라 마시기 힘드니까 내 건 챙기지 말라고 해라.

사위가 열심히 만든 건데 못 이기는 척 드셔어.

못 마시면 버려야 하니까 그러지.

아빠, 이건 고집 피울 게 아니잖아.

네 엄마도 내 고집이 매력 있다고 나랑 결혼했어.

이런 거 하나라도 아껴서 빨리 집 사야지.

요즘은 옛날과 달라. 집은 이용해야지, 소유하면 짐이야.

돈 쓰기 바쁜 세대가 만들어낸 얘기지. 집이 있어야 이사 안 가고 든든해.

늘 엄마가 지켜본다는 생각으로 열심히 살아야 한다.

아휴. 잔소리 잔소리.

안녕히 주무셨어요?

여기 커피 있습니다.

애, 아직 애기 안 했냐?

오늘 애기할 테니까 오늘만 받아.

빨리 타!

짜장면 먹지 말고 잘 챙겨 드셔!

응.

결혼 준비 때문에
신랑 신부가
많이 싸운다고 하던데
어떠세요?

……

커피 때문에….

공급 중단한 지
며칠 지났어.

엥? 말도 안 돼!
사위가 내린
2대커피도
싫으시대요?

자판기 커피에 인이
박이신 분이라서….

아~ 자존심
상하는데.

그럼 신랑이 자판기 커피 쪽으로 바꾸면 되겠네.

에이~ 자판기 커피를 어떻게 마셔요.

똑같네, 뭘. 장인 입장에서도 바꿀 이유가 없지요.

결혼해서 분가해도 커피를 계속 공급할 수 있어요?

그 연세에 갑자기 카페에 가서 테이크아웃을 주문하는 것도 쉽지 않잖아요.

아! 맞다! 드립 세트!

못 말리겠네, 정말. 그렇게 점수 딸 방법이 없어요?

지금 이 순간 신랑에게 필요한 건 속도 조절인 것 같아요.

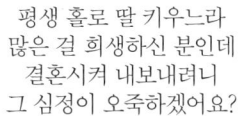

평생 홀로 딸 키우느라
많은 걸 희생하신 분인데
결혼시켜 내보내려니
그 심정이 오죽하겠어요?

지금은 사위가
도둑놈같이 보일걸요.
딸 도둑놈.

그러니 천천히
속도 조절해요.

제 생각이 짧았네요.
픽업도 가지
말아야겠어요.

딸을 아침에
출근시키는 것도
같이 있는 유일한 시간일 텐데
그걸 뺐었으니… 쩝.

아버님께도 정리할
시간이 필요하다는 걸
알지 못했어요.

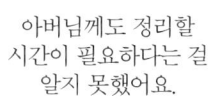

부우옹

부우옹

부다다

215

으음~.

그거
원두 커피죠?

예. 향이 좋습니까?

우리 시절에는 젊은 사람들이
손에 커피 잔을 들고
걸어 다니는 풍경은
없었지요.

저도 이러면
좀 젊어질까
싶어서…. 호호.

미안합니다.
손님 들으시라고
한 얘기는
아니었어요.

원두 커피 마시면
배도 부른가요?
밥값보다
더 비싸잖아요.

아닙니다. 편의점
가면 천 원짜리
원두 커피도 있어요.

점심 값보다
비싼 커피도
원두를 사서 직접
만들어 마시면
부담이 될 만한
가격은 아닙니다.

원두를
따로 판다고요?

물론이죠.
100그램당 칠천 원에서
구천 원 정도 하는데
다섯, 여섯 잔 나오니까
잔당 가격이 1,400원
정도겠네요.

어? 웬만한
캔 커피보다
싸네요?

삐리리

미안해, 아빠.
오랜만에 아빠랑
오붓하게 저녁 먹으면서
단합대회 하려고 했는데
일이 생겼어.

괜찮다. 당연히
일이 먼저지.

그리고 오늘 저녁에
빨래 좀 해줘.
그냥 돌리기만 해.
너는 건 내가 할게.

알았다.
그건 그렇고 말이다.

앗! 과장님 호출이야.
그만 끊어.

217

왼쪽 칸이 세제던가?
아니야. 여기는
유연제 칸 아니었나?
헷갈리네.

일단 끼니 해결부터
하고 전화로 물어보자.

우루루

다녀왔습니다!

텅

！

까르르르
아하하

으응. 와… 왔냐?

아빠,
라면 먹었어?

에구~ 설거지를
깜빡했네.

라면 드실 거면
차라리 김밥이나
볶음밥 시켜 먹어!

덕

너는 나한테 하던
말버릇을 시댁 어른들한테
그대로 하면 어쩌려구….
고치라니까.

먹어가 뭐냐,
먹어가!

긁적

긁적

조 서방은?

갑자기
오빠는 왜?

아니…
그냥….

딱히 할 얘기도
없어서….

싱거워.

뭐야! 빨래도 그대로잖아!

그… 그게 말이야.

왼쪽 넓은 칸이 세제, 오른쪽 위 회색 칸이 유연제라고 몇 번을 얘기했어?

이런 것도 안 해주면 내가 너무 힘들잖아!

왼쪽 세제, 오른쪽 유연제.

나이 들면 몸에서 냄새가 난다는데 이렇게 빨래를 쌓아놓으면 어쩌려고 그래!

나중에 손자가 와서 할아버지 냄새난다고 곁에 안 오면 좋겠어?

너 혹시 커피 때문에 화나서 이렇게 아빠를 몰아붙이는 거냐?

그것도 그래. 자판기 커피가 좋다고 사위 커피를 무시하면 좋겠어? 아빠 같으면 기분이 어떻겠냐고!

아빠는 내 걱정한다지만 솔직히 난 아빠가 걱정이야!

기본적인 집안일은 좀 알아서 하라고! 내가 빨래해주러 매번 올 수는 없잖아!

나 떠나면 아빠 사는 모습이 뻔할 것 같아서 마음이 편치 않아!

나 좀 편안하게 보내줘!

아빠 혼자 놔두고 가는 딸 생각은 해봤어?

에잉!

철컥

맛있습니다! 입안에 화악 퍼지는 강력한 맛!

으아~.

그래.
그 말 들은 적 있어.

손자가 할아버지
냄새난다 했다고
쇼크 받았다는 친구.

흥.

흥.

오빠, 지난번에
가르쳐준 게
세 번째야.

우리 부모님도
마찬가지셔.
깜빡깜빡하신다고.

종이에 적어서 붙여놓아
드려. 영화 〈8월의
크리스마스〉에 보면
리모컨 사용법을 적어놓잖아.

으이그,
속상해.

너무 그러지 마.
아버님이 더 부담
느끼실 것 아니야.
늦었다. 어서 자자.

미안해.
장모 사랑은커녕
장인 심술만
받게 해서….

커피 때문이라면
괜찮아. 아직 원두 맛을
모르시는 거니까.

흥흥.

밥 안 먹고
뭐 해?

자네들은 몸에서
냄새 안 나?
향수라도 쓰나?

냄새 신경
쓰이면
사우나 가.

요즘 사우나는
영감들 오는 거
싫어한다더라.
비누 많이 쓰고
물 많이 쓴다고.

눈치 없긴….
저 친구 애인
생긴 거야.

!

계란말이
드세유.

강 형이랑 같이
밥 먹으면
꼭 특별 반찬이
나온다니까.

223

사과는 하셨대유?

아직…. 딸이 오히려 화가 더 났어요.

원두 커피 맹그는 방법 갈키 들유?

에이…. 그렇게까지 뭘….

커피로 생긴 문제니께 커피로 풀어야쥬.

글쎄….

눈치는… 시간 내. 이 친구야!

사장님이 아무한테나 커피 가르쳐주겠어?

사장님, 여기 몇 시에 영업 끝나지요?

원래대로 하는 것보다
더 간단한 방법을
가르쳐 드릴규.

커피 원두를
먼저 갈유.

드르르르

한번
갈아볼튜?

드르르르

재미나쥬?

이건 커피 포트라는 건데
이 속에 커피 거름망이 있슈.

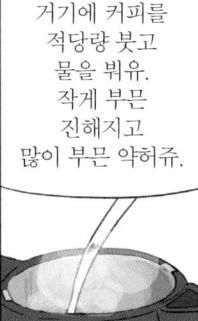

거기에 커피를
적당량 붓고
물을 붜유.
작게 부믄
진해지고
많이 부믄 약허쥬.

그런 뒤
뚜껑을 덮고
잠시 후
마시면 돼유.

재혼허실 생각은 엄슈?

아… 지금은….

뭐… 이런 정도
대화헌 뒤 마신다 이거쥬.

커피 잔도 중요하지만
강 선생님은 생짜 초보니까
넘어가유.

또르르

어?

자판기 커피보다
고소한 맛이 있네요.

커피는 맛으로만
마시는 음료가 아뉴.
향을 느껴봐유.

오늘은
여기까지!

226

늦었는데
모셔다 드릴까요?

ㅎㅎ. 학생이 선생님
모시는 태도가 좋유.

향을 즐기기 위해서
커피도 들고 탑시다.

탁

학생이 영특해서
진도를 잘 쫓아오니
보람이 있네유.

음…
뭔가 알 것 같기도 하고….

그런데 이걸 어디다 버리지?

쓰레기통에 버리면 윤지가 볼 수 있고…. 바깥 쓰레기통에 버려야겠다.

덜컹

!

샥

왜 그렇게 깜짝 놀라?

혼자 맛있는 것 드셨어?

맛있는 것 있으면 너 주기 바빴다.

나 가게에 좀 다녀올게.

뒤에 뭘 감췄어?

감추긴! 이것 봐.

다녀올게.

응.

쓰레기 버리시면 안 됩니다!

다음 날

이거 첫 핸들 잡았을 때보다 더 긴장되네요.

천천히 하세유. 어렵지 않유.

옳지. 잘하시네유.

아빠 뭐 해?

!!!!

스… 스트레칭.

왼쪽.

오른쪽.

또 다음 날

그래. 걱정하지 마라. 점심 잘 챙겨 먹었어.

잔소리하는 게지 엄마하고 똑같아.

윤지가 시집가면 이렇게
감춰놓지 않아도 되겠지.

으음… 나름 괜찮네.

위이잉

윤지가 와서
커피 냄새
맡으면 안 돼.

팍

팍

아빠 단골 식당인데 식 올리기 전에
인사라도 드려야 우리 아빠
반찬 하나라도 더 챙겨주지.

너무 늦지
않았나?

아직이야.
저것 봐. 식당에
불 켜져 있잖아.

엥, 저 차는?

억!

음식은 먹을 만큼만!
생산자의 노고를
잊지 맙시다!

232

고마워요.
덕분에 사위랑 딸한테
점수 좀 딸 것 같습니다.

집에 혼자 계실 때라도
꾸준하게 내려 드셔유.

흐흐. 어제 쉬는
날에도 마셨어요.

그런데 유독
커피 향을
강조하는 것
아닌가요?

그렇죠.

애 아빠 보내고 시아버지를
모셨거든유. 그때 아이들이
집에서 냄새난다고 난리였유.
방향제를 놓으면
아버님이 눈치채실까 봐
커피를 내리기 시작했지유.

집 안에서 은은하게
퍼지는 커피 향이 좋았고
기한 지난 원두나
찌꺼기는 말려서 탈취제
대신 쓰기도 했지유.

탈취제?
효과가 있나요?

그럼요.
찌꺼기 말려서
가져와유.
만들어 드릴께유.

233

이제 커피 수업은 끝났슈.

졸업 선물이유. 원두 커피!

!

EDIYA COFFEE

말도 안 돼. 나 시집가기를 기다리고 있었던 거야.

무슨 말을 그렇게 해?

뭐 먹을까?

백반

으어 추워

평생 자판기 커피만 마시던 아빠가 저 아줌마 만나려고 원두 커피 배우는 거 아니야.

아직 어떤 관계인 줄 모르잖아.

우리 아빠 표정 못 봤어? 엄마 돌아가신 후로 그런 표정 처음이었다고.

아직도 그런 감정이 남아 계신다니 좋네, 뭐….

이 근처 백반집 있는데

출디! 아무거니 먹어

콱!

!

윤지야,
아빠 왔다.

텅

고마워요, 아빠.
앞으로 아빠 신경
안 쓰고 살 수 있게
해줘서요.

무슨 말이냐?

다 알면서!

탕

이거 원 빨리 결혼식이
끝나든가 해야지!
이러다 부녀 관계가
원수지간 되겠다!

얘, 윤지야!
나와서
얘기 좀 하자!

탕

탕

철컥

아빠!

내가 잘못했어.
결혼식도 며칠 안 남았는데
아빠한테 화만 내고….
내가 지금 뭐 하는 건지 모르겠어.

괜찮아. 엄마 없이 너 혼자
결혼 준비하느라 힘들 텐데
아빠가 잘 받아주지 못해 미안하다.

툭

툭

나 결혼해도
동백식당 가서
밥 꼬박꼬박 챙겨 드셔.
자판기 커피 말고
원두 커피 마시고.

알았다.
알았다.

아빠,
사랑해.

미투~.

신랑 친구분들!
사진 촬영을 위하여
앞으로 나와주십시오!

신부 친구분들은
가지 말고 기다려
주시기 바랍니다!

식당은
아래층에
뷔페식으로
준비되어
있습니다!

부우웅

좋은 차를
놔두고
제 차를
이용해
주셔서
영광입니다.

돈 안 내는 택시
언제 타보겠어요?

고마워.
아빠.

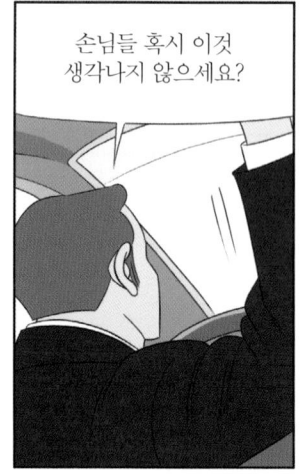

손님들 혹시 이것 생각나지 않으세요?

텀블러!

이거 아버님이 만드신 거예요?

와아!

공부 좀 했죠.

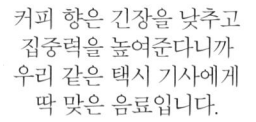

커피 향은 긴장을 낮추고 집중력을 높여준다니까 우리 같은 택시 기사에게 딱 맞은 음료입니다.

커피의 세계로 들어오신 것을 환영합니다!

커피 마시러 자주 갈게, 아빠.

귀찮아. 가끔 와.

아빠, 커피 같이 마실 여자친구가 생기셨나 보다.

귀찮은 혹 하나 뗐는데 또 혹을 붙이라고? 생각 없습니다, 흐흐.

아빠, 내가 혹이야?

하하하!

드륵

공항 갔다가
바로 오신다더니
왜 일케 늦었대유?

맛있는 원두랑
이걸 사 왔어요.
나도 이제는 종이컵에
마실 수준은 지났으니까.

어머나! 예뻐라!

이디야 다크블루
EDIYA DARK BLUE

EDIYA COFFEE

물 끓일게요.

잠깐만.

오늘은
학생이 커피를
준비하겠습니다.

때때로 인생이란 커피 한 잔이 가져다주는
따스함에 관한 문제다.
-리처드 브로티건-

〈커피 한잔 할까요?〉의
작업실을 공개합니다.

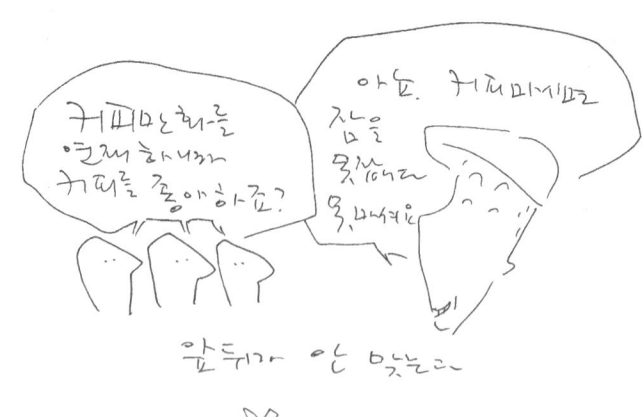

앞뒤가 안 맞는다

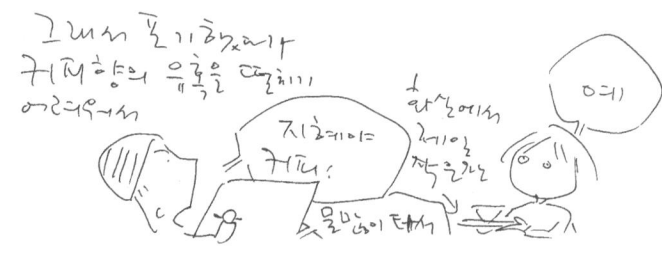

4일간 BARAM COFFEE ROAD를
취재 했다
그것도 김없이 오후에!

커피 안드시니까
더 카페인을
드릴께요

오늘밤 잠자는데
지장없겠죠?

맛있는것 우즈
있는데

엇! 더 카페인
라 맛이 다르네요

한잔 더
하시겠어요?

에라
모르겠다
주세요!

좀씩 맛 봤다
그런데 이날밤 잠 자는데
별로 지장을 받지 않았다.

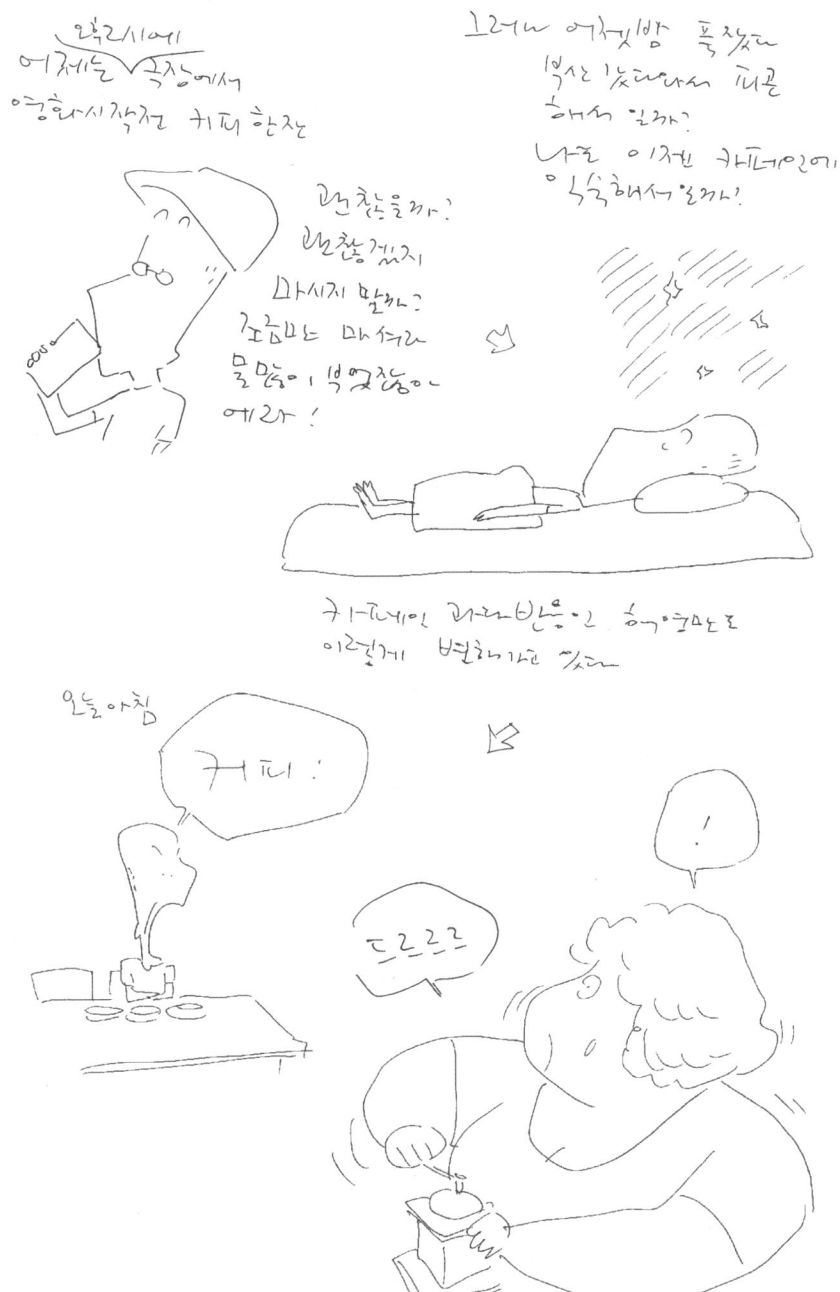

45화
〈유수와 쌀의 차이〉 취재일기

커피나무에서 열매를 수확하여 일련의 가공 과정을 거치면 생두를 얻을 수 있다. 생두는 본디 커피나무의 씨앗이며 녹색을 띠고 있어 영어로는 그린 빈(Green beans) 또는 그린 커피 빈(Green coffee beans)이라 불린다. 모든 콩이 그렇듯 생두 역시 로스팅을 해야 원두가 되어 먹을 수 있고, 원두가 돼야 비로소 커피 특유의 향과 맛이 발현된다.

기록을 살펴보면 15세기 이슬람 문화권에서 조리 도구나 단순한 형태의 전용 기구를 이용해 생두를 볶는 형태가 정착되고 확산됐다. 그 전에는 생두 자체를 사용해 음료로 마셨고, 자연 발화에 의해 원두를 발견했다는 설도 있다. 15세기 이후에도 커피 볶는 일은 한동안 여자들의 허드렛일로 치부됐고, 도구와 기구의 발전 역시 더디게 진행됐다. 그러나 이후 유럽으로의 커피 전파와 산업 혁명은 로스팅 머신의 발전과 원두 대량 생산의 토대가 되었으며, 20세기 초반에 발명된 드럼 형태의 열풍식 로스팅 머신의 출현으로 커피의 전파는 정점을 찍게 된다.

열풍식 머신은 드럼 안으로 가열된 공기를 유입해 생두를 볶는 방식의 기계다. 이외에 직화식, 반열풍식 로스팅 머신이 대표적인 로스팅 머신이다. 최근에는 디지털 시대에 걸맞게 로스팅 머신에 온도와 습도 등 각종 외부 변수와 로스팅 기록(프로파일)을 컴퓨터에 저장하는 기능 등이 추가되고 있으나 여전히 많은 부분에 사람의 감각이 필요하다. 다만 기술의 발전과 생두 질의 향상으로 현대의 로스팅은 라이트(Light)부터 이탈리안(Italian)까지 총 여덟 단계의 각기 다른 맛과 향을 표현한다. 이전에는 국내의 경우 강배전, 중배전, 약배전 세 단계뿐이었다. 참고로 배전(焙煎)은 일본식 한자 표현이다.

46화
〈모카 키스〉 취재일기

커피와 관련하여 '모카'만큼 혼란을 불러일으키는 단어도 없을 것이다. 우리가 흔히 아는 모카 커피는 예멘의 모카 항에서 비롯됐다. 모카 항은 15~16세기 유일한 커피 수출 항구로서 생두의 집결지이기도 했다. 당시 유럽인들은 모카에서 수출된 자극적이고 향기로운 커피에 반해 이곳의 모든 커피를 '모카 커피'라고 불렀다. 모카 항구의 생두 독점이 끝난 후에도 모카 커피는 쉽게 잊히지 않았다. 인도네시아 자바 커피는 유명세에 편승하기 위해 모카 커피와 혼합한 블랜드의 명칭을 '모카자바'라고 했으며, 에티오피아의 하라 커피는 예멘과 동일한 가공 방식을 앞세워 '모카하라'라고 이름 지었다.

한편 카페 모카는 모카 커피의 초콜릿 맛에 착안해 만든 메뉴다. 모카 항에서 수출한 커피의 양이 현저히 줄고 급기야 항구 자체로서의 기능을 상실했음에도 일부 기업에서 최고의 맛이라는 의미로 자사 제품에 모카라는 단어를 사용했다. 그래서 모카 커피에 대한 혼돈이 더욱 커졌다. 예멘의 마타리 정도를 정통 모카 커피로 꼽을 수 있으나, 아쉽게도 예멘 정국의 불안과 낙후된 유통 시스템으로 인해 그 이력 추적이 불가능해 좀처럼 원산지에 대한 불신이 줄지 않고 있다.

'마당여관'은 이충수, 곽소영 부부가 서울을 떠나 새로운 삶을 꾸리기 위해 제주도에 마련한 보금자리다. 이곳은 부부의 성격처럼 깔끔하고 앙증맞다. 욕심을 부릴 법도 한데 손님을 위한 공간이 딱 세 동뿐인 이유는, 생업과 여유로운 삶의 균형을 위한 것임을 미뤄 짐작할 수 있다. 입구에는 아담한 카페도 있다. 제주도로 이주하기 전, 커피 수업을 들었다는 이충수 씨가 손수 내린 커피 한 잔에는 한가로운 제주의 햇살과 여유로운 바람이 담겨 있었다.

47화
〈비터스위트〉 취재일기

과거에 쓴맛이 대표적이었던 커피의 맛은, 최근 스페셜티 커피 등 생두 질의 향상과 가공, 로스팅, 추출의 발전으로 인해 신맛, 단맛, 짠맛, 감칠맛 등으로 세분화되고 있다. 맛이 향과 결합되면 커피는 놀라운 정도로 다양하고 복잡한 향미를 갖고, 전문가들은 이 향미를 관능적으로 분석하여 그 특징을 판단한다.

이렇게 다양한 커피의 맛과 향을 분류할 때는 과일, 허브, 견과, 당, 향신료, 채소, 유제품, 스모크, 곡류, 술, 꽃으로 분류한 향미표를 참고한다. 단, 과일류는 다시 감귤, 과실, 핵과, 열대과일, 건과일, 베리류로 분류한다. 허브의 대표적인 맛과 향은 민트, 세이지이며 견과의 대표적인 맛은 헤이즐넛, 피칸, 아몬드, 호두, 땅콩, 당의 경우는 꿀, 캐러멜, 바닐라, 초콜릿 등이다. 향신료의 대표적인 맛은 생강, 정향, 계피, 후추 등이고, 꽃은 재스민, 라벤더, 장미 등이다. 마지막으로 가장 많이 언급되는 과일의 경우는 감귤과 레몬, 라임, 오렌지, 자몽이 대표적이고 과실수 과일은 사과와 배, 핵과류는 자두, 살구, 복숭아가 대표적이다. 열대 과일은 망고, 코코넛 그리고 건과일은 건포도, 대추야자, 끝으로 베리는 블루베리, 블랙베리, 라즈베리, 딸기 등이 대표적이다. 채소, 유제품, 스모크, 곡류, 술의 대표적인 맛이 궁금하면 향미표를 검색하여 쉽게 찾아볼 수 있다.

이렇게 파악된 원두의 특징은 판매용 원두 포장 라벨이나 바리스타의 설명에 의해 소비자들에게 전달된다. 그중 대표적인 표현이 바로 '비터스위트'다. 와인처럼 세분화된 맛의 표현에 거부감을 느끼거나 공감을 못 하는 사람도 있으나, 약간의 노력을 더하면 커피를 다채롭게 즐길 수 있으니 대세를 외면할 이유가 없다.

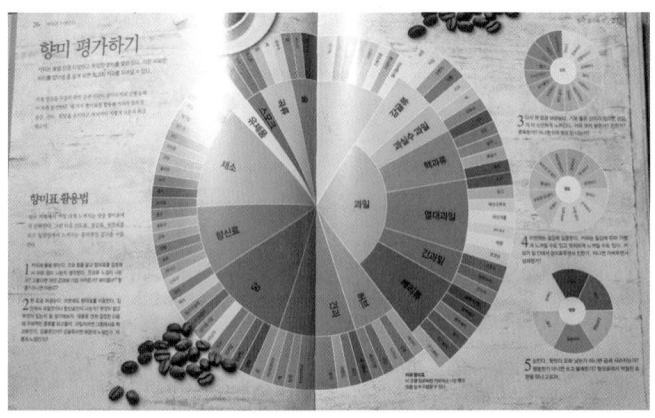

48화
〈삼대 라테〉 취재일기

바리스타와 파티시에의 도움을 받아 삼대 라테를 재연했다. 바리스타와 함께 시판되는 밤 라테 레시피를 분석했고, 제조상의 차별성은 파티시에와 고민했다. 기존의 밤 라테 레시피와 에피소드에 소개된 대사만으로도 삼대 라테를 표현할 수 있었지만 좀 더 진솔한 과정을 보여드리고 싶어 직접 만들어보았다.

지난여름, 부산의 한 개인 카페와 대기업 커피 프랜차이즈 간의 메뉴 표절 공방은 커피 업계를 꽤나 떠들썩하게 만든 사건이었다. 프랜차이즈 업체에서 자신들의 시그니처 메뉴를 표절했다는 개인 카페의 문제 제기와 함께 법정 공방까지 예상됐으나 (대부분 표절 사건의 결말이 그렇듯) 무성한 풍문과 소문만 낳은 채 유야무야되고 말았다.

다른 분야도 마찬가지이겠지만, 커피 업계의 메뉴 표절 문제도 어제오늘의 일이 아니다. 특히 창작 음료에서 그 현상이 두드러진다. 특허 등록이라는 해결책이 있으나 음식 분야에서 지적 재산권을 인정받기란 하늘의 별 따기다. 제조 과정에서 새로운 공법을 발명한 경우는 그나마 수월하지만, 특허 신청의 대다수를 차지하는 레시피와 제조 과정을 인정받아야 할 때는 판단 기준이 되는 독특함과 차별성이 모호하여 거부되는 경우가 대부분이다. 또한 특허를 받았다고 해도 완벽하게 보호받을 수 있는 것도 아니다. '태양 아래 새로운 것은 없다'는 말이 있듯이 표절의 근거나 증거가 부족해 어느 한쪽을 두둔하거나 비난하기 어렵다. 그래서 이런 경우일수록 원론적인 해결책을 제시할 수밖에 없다. 이런 일의 재발을 방지하기 위해서는 종사자들의 윤리 의식과 업계의 자정 노력이 절실히 요구되고, 소비자들의 올바른 판단과 현명한 선택도 뒤따라야 한다.

49화
〈게이샤도 소용없어〉 취재일기

게이샤는 스페셜티 커피의 출현을 알린 생두다. 꽃밭을 걷는 듯한 화사한 향과 고급스러운 산미의 게이샤는 기존의 커피와는 확연하게 구별되는 개성을 뽐내며 새로운 시대의 출현을 예고했다. 이후 다양한 스페셜티 커피가 세상에 알려졌고 각광받고 있지만, 게이샤의 독보적인 위치는 여전하다. 국가대표 선발전을 겸했던 2017년 WCCK(World Coffee Championship of Korea)에서도 출전 팀의 80퍼센트 이상이 출전 생두로 게이샤를 선택해 그 존재감을 과시하기도 했다.

게이샤는 파나마 에스메랄다 농장의 작품이다. 에티오피아 게샤 지역의 토종 커피 품종이 몇 나라를 거쳐 파나마 에스메랄다 농장에 심어졌고, 2004년 경매에 등장하면서부터 인지도가 급격히 상승했다. 2006년과 2007년에는 파운드당 130달러를 돌파하며 일반 커피의 100배에 달하는 가격을 형성했다. 하지만 에스메랄다 농장의 게이샤라고 해서 모두 최고가에 거래되는 것은 아니다. 프랑스 부르고뉴 와인을 연상하면 이해가 쉽다. 농장 내의 위치와 고도에 따라 품질이 천차만별이기 때문에 조건에 따라 가격대도 다르다. 그러나 늘 공급이 수요를 감당하지 못하기 때문에 에스메랄다 농장의 게이샤는 등급에 상관없이 매년 최고의 대접을 받는다. 이런 인기 탓에 중남미의 많은 농장이 앞 다투어 게이샤를 재배하고 출하하지만 품질은 아직 에스메랄다 농장의 게이샤에 못 미치고 있다.

게이샤는 '신의 선물'이라는 찬사가 아깝지 않은 커피로, 가격에 맞는 만족감을 선사한다. 그렇다고 다른 커피들이 게이샤에 비해 모자라거나 나쁜 커피라는 뜻은 아니다.

이번 에피소드는 노아스로스팅의 실제 단골손님의 이야기를 빌린 것이다. 세 아들의 아빠로, 늘 적극적으로 육아에 참여하는 단골손님은 사무실 위층 카페를 마다하고 커피만큼은 꼭 노아스로스팅에서 마신다고 한다. "위층 카페에서 서운해하지 않냐?"고 물어보니 "집과 사무실이 지근거리라, 커피만큼은 최대한 마음 편안하게 마시고 싶어 온다"는 우문현답이 돌아왔다.

50화
〈커피 향기 은은하게〉 취재일기

향은 커피 전체 향미에서 가장 중요한 요소다. 극단적이기는 하나 커피에 향이 없다면 맛의 존재 자체가 희미해질 뿐 아니라 각 커피가 갖고 있는 특색을 파악할 수 없다. 향은 생두에서도 느낄 수 있지만 대부분 로스팅 과정에서 발현된다. 생두를 가열하면 800~1,000여 가지의 향기 성분이 마이야르 반응(탄수화물과 아미노산의 분해와 결합에 의해 고유한 커피의 아로마가 형성되는 반응), 캐러멜화 현상(생두에 함유된 당분이 가열되면 연한 초록색에서 점차 갈색으로 변하는 현상), 스트레커 분해(아미노산과 관련된 화학 반응) 등을 통해 독특한 향미를 이룬다(이 향의 종류 역시 앞서 소개한 향미표에 잘 정리되어 있다). 특히 재스민, 장미, 라일락 등의 꽃과 허브 등이 향을 표현할 때 애용되는 종류다. 로스팅 과정뿐 아니라 추출도 향에 지대한 영향을 준다. 추출이 잘못됐다는 것은 결국 향을 제대로 구현하지 못했다는 의미이기도 하다. 커피 잔을 디자인할 때 향은 가장 중요한 고려의 대상 중 하나며, 최근에는 향에 좀 더 집중할 수 있는 테이크아웃 잔 뚜껑이 개발돼 각광받고 있다.

보관에도 절대적인 주의가 필요하다. 장시간 노출 시 원두에 일어나는 지방산화, 빛에 의한 갈변도 이취(異臭)의 한 원인이기 때문이다. 유통 기간이 지났다는 것은 곧 향의 변질로 해석해도 무방할 것이다.

커피 향은 와인보다도 다양하고 복잡 미묘하다. 로스팅과 추출, 보관 과정에서 향이 미세하게 변할 수 있기 때문에 동일한 생두라도 완전히 똑같은 커피를 다시 만들기란 불가능에 가깝다. 그렇기에 내 앞에 놓인 커피는 매번 새로운 커피다. 참고로 커피 향은 스트레스 완화, 긴장 이완, 집중력 향상, 탈취에 탁월한 효과를 보인다.